洪範文學叢書 304

萬商帝君

陳映眞小說集 4〔1980–1982〕

陳映眞

洪範書店 印行

目次

雲

——華盛頓大樓之三

■贈給敬愛的王禎和兄，並以最虔誠的祝福，祈望他快快康復。

1 麥園

「謝謝你啊，Lily……」張維傑抬頭說。

朱麗娟照例只是沉默地笑著，把方才從郵局的郵箱領回來的信件和小包，擱在他零亂的桌面的一角，又復默默地坐到她的位置。

他以八萬元不到的儲蓄開始，獨自搞出口，到這個秋天，就要兩年了。起初，他一個人寫開發信、跑國貿局、找廠商，忙了將近一年，才開始有了個把小小氣氣的印尼、韓國客戶。他這才租起這間十來坪大的、市郊區的辦公室。原來只想請個能照稿打字的小姐，卻不料來了英文名字叫 Lily 的朱麗娟，講的、寫的一口、一手的好英文，進出口業務比他這才出道的人還熟練。

「你一進這辦公室，就該知道，我請不起你。」

他看看她的履歷和試打的一封英文信，苦笑著說。

她以不甚了然的眼光看著他，然後迅速地把視線移向窗外。一輛公路車，正看似遲緩地走在窗外遠處的小路上。

「我不要多。」

她小聲說。

他說他的預算只給八千。她嘆了口氣，說：「可以。」他說她是這家公司的第二個人，因此雜務很多，跑郵局、跑銀行，都要麻煩她。她咬一咬她的看來單薄、卻輪廓清明的唇，輕輕地、從容地點了點頭。他凝望著她，心中忽而覺得有些沮喪了。他說：

「這樣：我再添一千。我只這個力量，實在對不住。」

「OK，」她說：「我要挑薪水，就不到這裡來。」她繼又淡然地說她剛結束了一場離婚的訴訟，帶著女兒開始新的生活。「我喜歡這個地方，OK，」她說，「你添給我的一千，OK，等往後業務上好了，再添給我好了。」

這以後，於不知不覺之間，雜亂的信件都一類類編了案碼，歸上檔；小小的辦公室，也逐漸地几淨窗明了。而每天兩次，Lily總是定時徒步到郵局開信箱，取回一些郵件。來回三、四十分鐘的徒步的路，不論冬、夏，總是使她的瘦削的鼻尖上，凝聚著薄薄的汗珠，把抱在懷中的信件、樣品小包之類，堆在他的零亂的桌角上。他於是便抬起頭，衷心地說：

「謝謝你啊，Lily……」

他點燃一根香菸，挑出福島——一個近半年來新開發的日本客戶的信。信封裡是一張信用狀和福島的信。福島照例把上次來臺時口頭上的協議，七折八扣，把他的利益壓到嫌低吧，又似乎還可以做做；說高吧，又不值做得好的同業一笑的那種範圍。他懊惱地把信一丟，隨手拆起一件料想是嘉義一家廠家寄來的樣品。但是拆開來，竟是一本破舊的日記本。

「啊——」

他喟然地說。

約略是兩個禮拜前的事了。

他坐在一趟直達高雄的、做客運生意的遊覽車上。車子剛開出臺北市，上了高速公路，他就睡著了。一直到休息站，他才醒了過來。在休息站，他叫了兩個素來愛吃的粽子和一碗貢丸湯。他上過廁所，買了一包菸，回到車上，把袖珍式的計算機拿了出來，準備算計一筆生意的細目。

「是張經理嗎？」

他回過頭。隔著一條通路，一個懷抱著幼嬰的少婦，對著他堆著一臉的笑。她的門牙大而潔白；她的右頰上有一顆半個紅豆大的黑痣。

「趙公子！」

他笑著說。

「你在臺北上車，我看著就是你。」她說：「但也不敢認。」

這兩年來，凡是朋友，都說他禿掉了大半個前額。他摸摸自己的額頭，笑了起來。

「變老了。」他說。

「怎麼會，」她說：「不過，在休息站裡，看著你挑著粽子叫，我就確實知道是你。」

他看著熟睡在她的懷裡的幼嬰，想起他還在美國麥迪遜儀器公司的日子。那時，他代表公司的總經理艾森斯坦先生，三天兩頭就到公司設在中壢的工廠去，協助設立一個「眞正屬於工人的工會」。因爲舉止有若男子一般瀟洒，而被四百多個女工按著當時正在播放著的一齣臺語電視長片裡女扮男裝的角色，喚成「趙公子」的趙月香，便是新工會的預備骨幹之一。如今，這個在女工宿舍中被笑謔地談論、甚至於暗中愛戀著的「趙公子」，竟而也結婚、生子了。

「什麼時候結的婚？」

他說。把頭髮光光地往後梳起，在腦後收著一個小拳頭大的髮髻的她的臉，添增了好些初爲母親的溫婉，也就相對地減去了當時幾分彷彿少年男子似的英俊。

「一年多了。」她說。

她怡然地看了看自己懷裡的嬰兒，卻不料嬰兒正好睜開一對小小的、惺忪的眼睛，皺著小臉，悠然地打著哈欠。她以她的大而潔白的牙齒，咬著下唇，像個媽媽似地，笑了起來。

「廠裡，大家都好嗎？」

他說。

她把嬰兒抱了起來，把自己的臉偎著那一張乍看並不怎麼樣像她的小小的臉。嬰兒開始不安分地伸手蹬腳。她說：

「女娃娃，卻像個男娃娃，好皮！」

「嗯。」他說。

他看見嬰兒開始用烏溜溜的眼珠子瞪著他。當他看見嬰兒出其不意地，銜著他張著尚不曾長牙的嘴，把眼睛笑成一條細縫的時候，她說：

「廠裡的事，」她搖搖頭，說：「不知道啦。我們早就離開了。」

他伸出一個指頭，讓嬰兒細嫩的手掌，慢慢地握住。他感覺到嬰兒正一點一滴地使著力量，把他的手指拉向嬰孩的小嘴。

「哦，呣呣呣——」

他逗著嬰兒說。

「我們——敏子、素菊、小文……十來個人，全被逼走了。」

「啊！」

「還是何大姐有經驗。」她說，「她臨走，就叫我們當心。他們不會正式辭退你們的，她說。但是逼走、氣走你們，有的是辦法。何大姐說的。全被她料著了！」

「哦哦。」他說。

「我和素菊被調到品管部，成天用油清洗一些儀器、計錶。小文被調到倉庫房，讓男工人成天罵她：別老端著拿筆桿兒的人的模樣……小文每天回宿舍，咬著牙，忍啊！等我們一問，她就急急忙忙找個牆腳去哭……」她說，「敏子，最慘了。」

她的幼嬰開始咿咿呀呀地「說話」，並且不時地用手去抓母親的說著話的嘴。

「煩心！」趙月香對著嬰兒嗔愛地說。她然後伸了一隻環抱著幼嬰的手，掠了掠自己的頭髮。「敏子，被派到清潔組。你想：那麼瘦小的身子，成天提著大桶小桶的水，洗地、打蠟。張經理，任誰都非被逼走不可啊！」她說。

「哎呀……」

他呻吟似地說。他忽然想起宋老闆在何春燕面前的許諾。宋老闆滿月似的一張白臉，咬著菸斗。他靠在黑皮沙發的靠背上，說：

——你放下心。她們一個個照樣，全是公司重視的員工。我不是說過嗎？法治的國家，講的就是法。希望將來工會選出來了，連你，我想起碼安插一個候補幹事。你看，怎麼會？公司怎麼會爲這小事兒辭掉她們？

何春燕還是辭掉了工作，走了。她自始至終，眼睛不曾離開過宋老闆。臨走，何春燕向宋老闆輕輕地鞠個躬，說：

——謝謝您，宋老闆。別的話，都不再去說了。那些姊妹們，要請您多疼惜。

——好。好。你其實不必辭的，再想想好嗎？

何春燕低著頭，不很顯著地笑了笑。她只說：

——謝謝您，宋老闆。

他於今想起她的低著頭的，不很顯著地笑著的側臉，忽而想起：何春燕，即在那時，也不曾相信過宋老闆的。

「何春燕呢？」他說。

他看見趙公子正忙著泡開一小瓶奶粉。嬰孩在她的雙膝上仰躺著，咿咿哦哦地唱著什麼。

「不知道。」

她說。把奶瓶的嘴，塞進寶寶的嘴裡。嬰孩立刻肅靜了下來，兩隻小小的手，認眞地抱著奶瓶。

「不知道。」她說，對著專心吸吮著奶水的嬰兒，搖搖頭。

「素菊呢？」

「不知道。」

「敏子呢？」

她又搖搖頭。

「你呢？」

「結婚了，辭掉以後不久。」她平淡地說：「我從十五歲出來做女工。麥迪遜那一回，忽然叫人厭倦了。」

他們於是都沉默了起來。他望著飛馳著的車子的窗外那些不斷向車後飛逝的路標和廣告牌，想起兩年前，三天兩頭跑中壢工廠的日子。公司配了一部車給他，每次好不容易開上交流道，他的心情就像那高等路面似地平坦起來。艾森斯坦先生說：「一個眞正屬於工人的工會，對公司和職工都有益處。」他被委派促成麥迪遜臺灣公司

「第一個開明工會」的成立。「Victor，聽好：麥迪遜的地平線上，永遠閃耀著一顆璀璨的星辰，你曉得嗎？」艾森斯坦先生對他說，「正是自由、創意和理想，創造了麥迪遜普世的帝國。」他在回想中苦澀地笑起來了。

「張經理。」她說。

他抬起頭，用他思索著的眼神說：

「嗯？」

「張經理，有一個人的下落，你爲什麼不問？」

「誰？」

「小文。」

「啊！小文，」他壓低聲音叫了起來：「文秀英！她怎麼了，這丫頭。」

「她那麼尊敬你，你卻把人家忘了。」

她說。嬰兒一會兒去抓母親的臉，又一會兒搓搓自己的眼睛和鼻子，把奶瓶推開。呀呀唔唔地叫著。她把嬰兒一會兒抱在懷中，一會兒靠在肩上。

「讓我來抱一會兒。」他說。

「小文偶爾寫信來。她總是一個廠換過一個廠……寶寶要睡了噢，媽媽搖搖，搖搖啊——搖。」她說。把嬰兒橫抱著的她的上身，於是輕輕地搖曳了起來：「一個廠換過一個廠。一下子說她在做紡織，又一下子說是在電子工廠，一下子又說……有一次，我寫信去，說這好像流浪的人一樣。她回我信，她哭了，她說。」

他默然地想起那個皮膚黑了些、個子矮了點，一臉清純的稚氣的女孩。那年秋天吧，艾森斯坦先生派來臺灣接總座不久，就說是爲了增進公司內部的溝通，要辦一份社內刊物。在中學敎過國文的張維傑，被指定負責這份月刊的編務。他在這份叫做《麥臺月報》的社內刊物上，開闢了一個取名爲「麥園」的專頁，鼓勵麥迪遜臺灣公司的員工投稿，硬性規定每個部門的員工要推選幾個作者，定期投稿。裝配線的女工，由當班長的趙公子連推帶拉地把文秀英帶到他的辦公室來。

「張經理，我們線上的作家，就是她。」

趙公子說。被她緊抓著手腕的文秀英，低垂著頭，死命地搖頭。她的頸上、耳朵，泛著羞赧的紅色。

「小文呀。」

他笑著說。他不曾料到這生性晴朗、畏怯、稚樸的女孩，竟是擠滿了高中畢業生的生產線裡推出來的作家。

「不行啦，眞的不行啦……」

小文抬起頭來，笑著說，一臉的緋紅。她的著名的兩個酒渦，使她的羞赧，更添一分羞意。他忘其所以地看著她。聽說過少女在羞恥時的美，但這卻是他首次眼見了。

幾天以後，他正在辦公桌上忙著。猛一回頭，才發現了不知什麼時候竚候在他身後的小文。

「哦？」他說。

「交稿子來的。」

她低著頭，含著幾分喜悅、幾分害羞，交給他幾張寫在活頁練習本上的原稿。即使她把笑意緊緊地含在密閉的嘴上，在她圓圓的雙頰上，依然浮現出淺淺的酒渦，使她的笑靨，彷彿清晨初綻的茶花，清新、怡人。

「哦哦。」

他說著，接過稿子。而她卻一回身，就低著頭，用急促而細碎的步子，走出辦公室。

他一口氣看完她的稿子。是一篇抒寫她懷念遠在西南部臺灣的農村的家人的散文。出人意外的，講普通話帶著沉重的南部臺灣口音的小文，父親竟是個慈愛、勤勞的退伍士官。後來，他一點一滴地從人事資料、從小文同一個寢室的女工——例如趙公子，以及從小文一篇篇投來的、初涉寫作的人難免總是寫自己身邊細事的稿件中，認識了她的家庭：二十多年前，小文的父親從空軍退下來，同帶著兩個男孩和老婆婆耕作著幾分地的小文的媽媽結了婚。出身於大陸中國佃農之家的小文的父親，付出他全部的心力，去愛那幾分田地、那個家，建設了一個勤勉、相依、相愛的家。

「她有些東西放在我這邊，」趙公子說，「說是我在北部，一定會打聽到您。」

「幹什麼？」

她從旅行包取出一件小衣服，輕輕地蓋住又復在她的雙腿上睡著了的嬰兒。

「這車子裡，冷氣好重。」她說。

他微笑地看著那沉睡著的、抽去了任何表情的、稚小的臉。現在，他可以比較清晰地看出：嬰孩的眉宇和嘴唇，是來自這帶著幾分男子的剛俊的趙公子，但他卻無由從嬰兒的其餘的臉，捉摸出嬰兒的父親的模樣來。

「她要我把那些東西——她的一些日記，寄去給你。」她說：「我會寫什麼文章，小文說，全是張經理好意鼓勵，我才一點一點寫。那不是很好嗎？我說，像我們，寫個情書，都得央你，什麼秘密話，全讓你知道了。她說，好，是不錯。不過，這些在麥迪遜上班的時候寫的，我不帶走。」

她說，這時車裡突然播出一首據說是日本歌改成的流行曲子，吵著了沉睡著的嬰兒。趙公子小心地、輕輕地拍著小孩。他則沉默地讓那歌聲流入他的耳朵。他聽著那歌詞，大意是說男兒為了前途，流浪他鄉，希望在故鄉的愛人能原諒他之類的。

「我問她，為什麼？討厭麥迪遜，也討厭有麥迪遜的中壢，她說，希望你幫我把這些送給一個人……也請你告訴他，我會努力，看看將來能不能寫出我們這種人的心情。她說的。」

他無語地在皮夾中找出一張自己的名片，劃掉老住址，用鋼筆在抖動的車中歪歪斜斜地寫下新遷在市郊的地址，遞給她。他以一種荒疏的心境，望著高速公路旁初秋的山巒和農家。離開了麥迪遜，自己搞著出口的這兩年，除了從早到晚忙著、愁著自己的生意，他的心中，再沒有餘地容下別人的苦樂了。「我會努力，看看將來能不能寫出我們這種人的心情。」這句小文鄭重地叫人傳給他的話，乍聽之下，竟而有些陌生了，彷彿趙公子把話傳錯了人似的。他的心，在幾乎要枯死的時候。卻不料聽到他當時傲慢地、施予般地對一個純樸的女工的鼓勵的回聲，在心中泛起諷刺的、羞愧的漣漪，使他整個癱軟了起來。

「很發財吧？」

她看著名片上他自己的頭銜說。他苦笑著，搖搖頭。

「巧不巧？在車上碰到你，」她笑了起來：「我回去，就寄給你。了卻我一件心事。」

「謝謝你嘍。」

他說。

現在，他這裡一行、那裡一段地翻閱著小文的三本寫在中學生用的練習簿上的日記，卻遍找不著想像中應該有的、小文留下來給他的信。

「這兒有兩封信。」

他驀然抬頭，看見不知什麼時候出去了、又回來了的朱麗娟，送來兩封信。一封是寄自新加坡的英國客戶，一封是來自臺南的一個傲慢的廠商。

「謝謝你啊，Lily。」

他看著她的瘦削的鼻尖上的，只那麼幾顆汗珠，笑了起來。他抬起手，看看錶，才知道早已過了下班的時候了。他望著 Lily 搖搖頭，親切地說：

「時間一到，你就該走的。也不知跟你說過幾次……」

朱麗娟回去了的辦公室，在這初秋的傍晚中，使他感到無從言喻的寂寞。他默默地抽著菸，想著待會兒出去吃碗麵，再回來看完小文的這些東西。

2 二哥

三月十二日

吃過了晚飯，在宿舍的大門口，碰見魷魚。她的手上拿著一個裝滿了醬烤過的鷄頸、尾椎和鷄爪子。她拉我到水池邊的石凳子上坐。她道：「請你吃這些。」我道：「我牙齒壞了，不行吃，謝謝你。」魷魚就在我身邊一個人吃，說了很多的話。她說心情不好的時候，就想拚命吃東西。

魷魚說她從小就長得不好看。她爸、媽、哥、姊，都不喜歡她，時常欺負她。她爲什麼說她不好看呢？她皮膚就比我白，頭髮也比我柔軟和黑色。眼睛不大，卻也不是很小的。她是有一點兒ㄅㄠˋ牙，但是也只是有一些些ㄅㄠˋ而已。我問過別人：「魷魚不好看嗎？」她們說還不錯啦。不過，大家似乎不喜歡她，說她讀過省女中，很驕傲，在裝配線上，喜歡讀零件上的英文。

其實魷魚人還不錯，不過她常說從小父母就不喜歡她，嫌她醜，在別人面前說她是從丐婆那裡買來的。這個我眞難於相信。大哥、二哥，都不是爸爸生的，可是爸爸對他們多麼好。大哥、二哥又對我多麼好。但是我也不相信魷魚騙人。人怎麼會騙這種騙呢？

魷魚把爪子、尾椎、頸子，全吃光了，把骨頭吐在塑膠袋裡，四下望了一望，就扔到石凳後面的草叢中。她同我要一張衞生紙，抹好嘴、揩好手，說道：「人生實在沒有意思。」而我在想：我實在很愛吃鷄爪什麼的（尾椎卻不敢去吃）。什麼時候領到加班費，一定要買多一點來吃。

三月二十二日

前天夜中，睡得不好。昨天夜裡，卻一直醒著，幾乎一分鐘也沒睡。白天的工作，眞是辛苦。爲了怕吵醒別人，每次想翻個身，都要忍耐下來。可是，越是不能睡，越是過一下子就想翻身，弄得毫無辦法。

因此，我想到：人只要夜裡能睡，就是好大的幸福。

特別是昨夜中，一直想著家。

爸爸壯碩的身體，坐在他自己動手做的笨重的木頭凳子上，對著菜畦抽菸。媽媽在傍晚看著本來要丟棄的豬仔，一路搖晃著走進庭子。媽媽一邊笑，一邊罵，一邊流淚，一邊說道：「死豬仔，豬價在敗，你知道回家，我可沒有東西給你吃咧。」

還有大哥。啊，一直保持著兒童一般純樸，不知道利慾心的大哥。成天默默地流汗、勞動的大哥。

我還想到屋後的一片竹林，在秋風的吹拂中，發出好像幾百件衣裙相摩擦的聲音。在夏天的清晨，嘰嘰喳喳的饒舌聲把我叫醒的上百隻麻雀，就是棲息在這叢竹林裡。我的房間，開著一個窗口，流進來幾乎帶著綠色的晨光，也是太陽透過這叢竹子，照進來的。照著我的寬大的、因歲月而發亮的木榻。

我爲什麼要離開爸、媽和大哥，爲什麼要離開那竹叢和竹叢下的古井──長年湧出又冷又甜的水的古井，來到這裡呢？

我一心地想多賺一點錢，寄回去。但是即使加了班，多領了錢，也被我花在買書、買衣服，而結果並多寄不了多少。

我恐怕是染上了虛榮的惡習了。我一定要努力地改，不要看到別人買了新衣，就熱心地去看是什麼料子？什麼花色？多少錢？儘管我對自己說：問問罷了，又不想買。其實，這就是一種虛榮心。

在一本書上說：少女最美的衣裳，是心靈和德行的純美。我一定要記住才好。

三月三十日

今天發薪水，連全勤獎和加班費，一共是八千六百九十四元。我曾粗略算了算，大約是七千七百多塊。多出這麼多，使我好高興。

吃中飯的時候，進了大餐廳，覺得特別明亮、乾淨，菜也特別豐盛一點。金副廠長宣布說：今天總經理要來一起用飯，請大家坐好，待會兒開飯。

不久總經理、宋老闆和張經理、林廠長一道，走進餐廳，金副廠長帶領鼓掌。

總經理講的話，由張經理翻譯。總經理很高、很年輕，也很漂亮，好像美國電影裡面的人。

總經理說，尊重員工的人權，企業民主，是美國麥迪遜儀器公司全球性的政策。

因此，公司要員工出來籌組眞正屬於自己的工會，保障工人的權益。今後張經理將負責協助員工組織工會，等等。

大家好像都很高興，報以熱烈的掌聲。我也熱心鼓掌，但是工會的事，我不太懂。「我們不是已經有一個工會嗎？」我問趙公子。趙公子罵我：「小孩子，什麼都不懂。這個工會有了像沒有一樣。」我還是不懂。

不過，爲什麼我也很高興地鼓掌呢？自己做了的事，卻沒有一個理由，一定是個傻瓜。

第一，總經理看起來叫人喜歡。在那一桌，只有總經理和張經理沒有肚子。特別是總經理，高大的身材，平平的腰，穿一件白白的襯衫，打一條深藍底子鵝黃斜條的領帶。他的頭髮很長，很乾淨，蓬蓬的，鬈鬈的，好像唐尼瑪麗節目裡唐尼的頭髮。眼睛非常的雙眼皮，留了兩撇鬍子，蓋著上唇。

第二，張經理調回臺北總公司才三個月，這次回來，看起來很有精神，笑咪咪的。他把《麥臺月報》帶去臺北編，經常打電話到線上來，要我爲「麥園」寫稿子。原來我只亂寫日記，那裡會寫稿？都是張經理鼓勵的。所以我要特別爲他鼓掌。

大概就是這些理由。

我一直以爲張經理吃過飯會來找我談寫稿。整個下午都很害怕、緊張。但是三點多鐘，看見兩部臺北來的車子開走了，張經理他們走了，我卻有點失望，並且爲了自己以爲人家會來找我而感到害羞得很。

四月七日

在桃園的臺灣河野電子做的陳秀麗寫信給我，說前天晚上（就是寫信給我的晚上），被她喜歡的男生Kiss了，回去住宿的地方，卻不知道是歡喜還是悲傷地哭了。她寫了兩張紙，說的一些我很像全懂又不懂的話。可是我覺得信寫得很好。我想過去我寫給她的信，都比她寫給我的好一點。但是這一封是她寫得好。眞好。卻不知要怎樣的回她。

秀麗是我們同莊的小學同學。那時候，有時她來我家做功課，晚上就睡在我那大大的、發亮的木榻上。兩個人躺在榻上看窗外竹葉的影子，嘰嘰呱呱的說話到夜半才睡。

現在她有男友。敏子也有，是那個姓簡的送貨員。綺綺也有，可是我沒見過，聽說是姓陳的。

最近趙公子和敏子常常在談工會的事。大概是一件好事吧，因爲她們談的時候，好像都有一點興奮。她們說勞工的利益，要自己來保障。反正這是很大、很了不起的事，我又不會，所以我也沒有去談。

四月二十日

今天張經理來工廠，利用中午休息的時間找了敏子、素菊和機房男工老曹、柯郁財他們開會。晚上我們宿舍聚了很多人，鱿魚、敏子、素菊和何大姊都擠到房間裡。趙公子問問題，敏子和素菊回答。我忙著爲她們燒茶水。據素菊和敏子說，有幾個要點：

一、原則上不找老工會的幹部。理事長蕭坤、監事張清海、李貴……都沒有請。爲了這事，廠長很不高興。可是張經理說是總經理的意思，沒辦法。下班的時候，老工會的人都垂頭喪氣。

二、一切依照政府的勞工法令辦事，以全體工廠員工的權益爲主要，實行眞正的民主選舉，產生新工會。

三、現任美國總經理很開明，全力支持員工應有的利益，確實有誠意辦好工會，請大家不要猶豫，熱烈出來辦自己的事。

大家七嘴八舌地講，尤其是敏子最熱心。最後大家問一直沒講話的何大姊。何大姊說：

「沒有那麼好的事。公司鼓動員工組工會，給自己找麻煩。我看得太多了。」

敏子說道：

「這回不一樣。這是美國總公司的政策……」

何大姊搖搖頭。

「我無法相信。這幾天，我也一直在想，那有這麼好的事。」何大姊說道：「美國仔？一樣啦！美國公司，我不知做過幾家了……」

一向大家都很聽何春燕的話。這回大家卻不很服氣。特別是敏子。「人家張經理說得很有誠意，很實在。」敏子委屈地說。

講到張經理，我就感到很寂寞。因爲他沒有找我開會。其實，也不能怪他。工會的事，那麼困難，我也不會。專心努力鍛鍊寫作，才是我的本分。

這恐怕也是張經理的本意吧……

四月二十三日

再過一個禮拜就是五一勞動節了。我打算在三十日下班就回去。現在有長途遊覽車可以坐，方便之至。

想到要回家，就會有一些心跳。魷魚兩個月前向我借了二百元，還沒有還我。如果她能還我，我的車錢就有了，不必動用到我的薪水。可是我怎麼也不好意思開口。她幾乎只有我這個朋友，怕跟她要錢，傷了感情，她以後連個說話的人都沒有，那多麼不好。

好多人在背後說她的長短。敏子說，魷魚只知道有自己，別的人，與她無關的事，都令她討厭。可是最近工會的事，她也要來湊一腳，大概是知道了總經理支持新工會，有什麼好處。我默默地聽著，心裡爲魷魚難過。我又覺得別人說她好像說得過分了一點，想想又覺得別人說的也不是沒道理。我希望自己永遠不要讓人這樣說才好。

四月二十五日

一直到今天，利用夜班前的時間，才寫信回秀麗。

這幾天中，我參考了幾本有關愛情的書，想抄寫或者變造一兩句有關愛情的忠言、名言給她。但是看來看去，總沒有妥當的句子。後來，我索性拋開那些我不懂的愛情，想到她已有許心的人，也許很快就要嫁了。我們從小學一直到現在的友情，將會因她的成家而有變化。想著這些，心中忽然覺得十分悲傷。在這種悲傷中，不知不覺地寫滿了三張信紙。

啊，秀麗。你該也還記得：你在我那間「閨房」中，一起做功課，一起睡，第二天清早，我媽特地用才摘的青蔥，打兩個鴨蛋煮湯做我們的早餐的那些日子。小學畢了業，忽然說你要給你的一個無嗣的姑媽做女兒，離開了故鄉。我們恢復了連繫，是我在新竹的一家紡織工廠工作的時候，知道你適巧在我進了工廠的前不過數日，離開了這家工廠。這以後，我從你的同事，得到你的住所。

像你我的母親，一生、一心向著你我的父親和兒女一樣，你也將一生、一心向著他吧。以他的家爲家，以他的故里爲故里，以你們的兒女爲一生的世界。

我雖然沒有機會見過他，但是，秀麗，我相信你的選擇是一個明智而且幸福的選擇。

四月二十九日

《麥臺月報》的五一特刊，趕早在今天出刊，在午飯時間發出來。我一接過手，就翻到「麥園」，赫然看見我投去的〈二哥〉登出來了。我高興得整個心猛烈地在跳，當著還沒有翻閱到「麥園」的同事們面前，我又不敢說出來。若無其事地挑敏子那一桌去吃飯，心裡卻老惦著發表出來的文章，眞是「食不知味」。飯吃了一半，隔了幾桌的趙公子，突然用還含著飯菜的聲音叫了起來：

「哎呀呀，小文，你的文章又中了！」

一時間，半個飯廳裡的人，都在用眼睛找我，讓我窘得滿臉通紅了。也不知道爲什麼這等沒用。有些事，自己都覺得沒什麼，而臉卻那樣紅呀紅地紅起來。

上夜班之前，我把文章剪貼起來。我一個字一個字地讀了好幾遍。也不知道爲什麼，自己寫的文章，怎麼讀，也讀不累。眞好笑。不過我眞的很高興。

二哥

裝配線・文秀英

今年除夕，在年夜飯的桌上，老爸爸提了兩件事，徵求家人的同意。

頭一件事，把原來翻修房子的計劃，更改爲拆建現在大哥一家住的廂房，新蓋一間兩層樓，給大哥一家人住。

第二件事，是要求大哥大嫂同意，把才生下來滿六個月的孩子，在名分上過繼給二哥。

對於頭一件事，大哥大嫂力讓了一陣。老爸爸說：「你們不必讓了。對老屋子，你媽有一份情感。翻建成新式房子，想來她也住不慣。我，喜歡老屋子。老屋子使我想起我自己在大陸上的家啊。年紀越大，這就對我越是重要。」

大哥說，目前家裡的經濟情形，也不容許大興土木。「反正不急，有一點兒，蓋一點兒。」老爸爸說。

至於第二件事，大哥大嫂很快就同意了。

老爸爸很高興，伸手從大嫂懷裡抱過小輝。「這是二房的孫子了。」他笑著說。只有母親紅著眼眶。她站了起來，端走一盆湯，走進廚房裡，過了一會，再端到桌子上。「熱一熱好吃。」母親說道。老爸爸說：「好，好。」任誰都知道母親哭過，可任誰也沒說破。

老爸爸，照以往除夕的例，往一個空了的座位上的空碗裡，默默地夾菜。

那是已經不在人世的二哥的座位。

我生下的那一年，二哥才八歲。但生性善感的二哥，對於母親兩年前的再嫁，比較當時已經十歲的、樸直的大哥，懷著更深的感傷。爲了二哥的稚小的憂悒，媽媽曾幾次想要和爸爸離異。一直到我的降生，媽媽才打消此意。

由於爸媽都在田間工作。照顧做小寶寶的我，成了大哥、特別是才上小學而功課較鬆的二哥的責任。雖然是不情願的責任，由於被二哥帶過，小二哥對我，便發生了深深的友愛。而我，據母親說，從我幾個月大，就十分善於親愛小二哥。「就不知道怎麼那麼小的娃娃，到三、五歲、到大了，都那麼聽他的話、討好他、體貼他……」母親說道。

國中畢業後的二哥，在母親跟前吵著要離家去當學徒。二哥要我當他的密探，向他報告母親和爸爸怎麼商量他想輟學學藝的事。那時候，我看見老爸爸爲二哥的事，和母親細聲爭吵。

「你怎麼這麼沒責任，」爸爸嘀咕道：「孩子小，不會想，你應該堅持他考中學呀！」

「這孩子，從小悶悶不樂，我對他的心，老覺得缺了一角，」母親哭著說：「這麼好的話，為什麼你不會去向他說。」

老爸爸悶聲不響地只抽菸。等發覺二哥雖然勉強報了名，卻沒去參加高中聯考，老爸爸才急了。他騎著他的機車，花了幾天工夫，到城裡找老長官請託，鐵靑著臉，押二哥去考試。二哥終於考上一家縣立高農，老爸爸才照常下田裡去做活。

懷著反抗心，離家到鄰縣去上學的二哥，從高二起，就不斷地讓學校寄來抱怨的通知：曠課、打架、抽菸、犯上……高中三，終於不能畢業，他寫給我一封這樣的信：

「……反正我無顏回去了。

我糟蹋了媽媽許多辛苦的錢。我現在去找事做，將來一個錢也不少，還給媽媽

其實，大部分的錢，都是老爸爸交給我，用媽媽的名義，由十歲的我抄信、寄錢。

……」

二哥的出走，給終日勞碌，卻也一向平穩的家，帶來一層憂愁。老爸爸開始喝較多的酒，也是從那年開始的。這樣一去就是兩年，一點音訊沒有。第三年，二哥忽然開始寄錢回家，初時是幾千，後來一寄就是上萬。

「這是什麼來路的錢，也不知道。」母親憂愁地說。

「不會吧，」老爸爸說，「老二不應該是那種孩子。」

但老爸終於還是叫大哥同我照信封上的住址尋去一趟。

那年，我十三歲。跟著緊緊地抓著我的手的大哥，我頭一次到了人、車子和大樓都很多的臺北。走出臺北火車站，大哥走幾步就找人問路，也終於搭了市內車到延平北路，找到二哥住著的公寓。

雖然將近中午，出來應門的二哥，還穿著睡衣。

「大兄！」

二哥叫著說道。房子裡，地毯、冷氣、吊燈、沙發、電視、冰箱，頂著天花板那麼高，裝滿了各式各樣的酒的橱子，一應俱全。一隻絨布做成的雄獅，躺在茶几旁。

大哥坐在沙發上。二哥敬了一支菸，兩人對著面，但都不互相看對方，緘默地抽著菸。

當時十九歲，原本就高大的二哥，留著長長的頭髮，看來很是漂亮。

「坐幾點的車來？」二哥問。

「透早，六點就出來了。」大哥望了望我，再望了望天花板，說道。

二哥這才慢慢地抬起頭，望著我。我眼看著他薄薄的、緊閉的嘴角，泛起了笑意，彷彿在說：

「長大了啊。這一向都好嗎？」

這時臥室裡走出來一個女子。穿著絲瓜花那種黃色的、柔輭的長袍。白白的皮膚，長長的、蓬著的頭髮。

二哥安靜地站起來，伸出右手，從她的嘴角摘掉她叼著的香菸，丟到牆角的痰盂裡。

「這我大兄。這是我妹妹。」二哥說。

「噢！」那女子忽然驚慌地用手提著自己的衣領，把敞開的頸部裹了起來。「眞失禮，眞失禮！」

說著她匆忙跑進房子裡。

二哥又敬了一支菸。兄弟倆又復默默地抽著。二哥看著窗外，大哥盯著地面。

「你，這樣的生活，也不是辦法。」大哥溫和地說。

兩兄弟慢慢地、低聲地交談著。大約一個小時後，門鈴響了。二哥臥室中的女子，顯然已經梳洗過了，換了一身素淨的衣裳，匆忙地出來開門。

是菜館裡送來的飯菜。

「都過午了，我打電話去叫一點便菜飯，請大兄吃飯。」那女子怯怯地對二哥說。

二哥望著大哥。大哥站了起來，說道：「讓你們破費，怎麼好哩？」

「大兄怎麼這樣說話。」

那女子說著，高高興興地把飯菜從木匣子端上桌子，數了錢給送飯的人。

回家的路上，大哥要我共同隱瞞二哥的生活。「他會回頭的。」大哥說。

次年，二哥去當了三年兵。退伍以後，二哥筆直地回家。人結實了，頭髮短了，皮膚黑了。

回家以後的二哥，忙著在附近打零工，騎著老爸爸爲他新買的機車，早出晚歸。後來大哥二哥商議，借了一點錢，湊著買了一部中古的「鐵牛車」，做運輸生意。

每天早上，二哥歪戴著鴨舌帽，叼著菸，穿著牛仔褲，戴著棉手套，跳上他的鐵牛出工，順便帶我上鎮裡搭車上學。一路上，二哥告訴我許多他當「流浪的頑童」時的許多悲苦的、有趣的事。但我始終開不了口問他那女子的事。當時十六歲的我，對於那女子，懷著害羞、同情、妒忌和親切的感覺。

然而，才九個多月，二哥在尖山腳下急彎的地方，讓卡車撞了，身體翻倒在水溝裡，死了。

母親因爲極度悲傷，生了一場重病。老爸爸也突然老了一截，幾乎讓田裡的工作，一下子荒廢了。大哥便是在這時娶了大嫂，多了一副人手，田裡的事，才逐漸恢復正常了。

從那年除夕，老爸爸總是在年夜飯桌上，爲二哥空著一個位置，親手爲他夾一大碗菜，擺著。

現在，二哥一個人躺在牛埔頭相思樹林後面的墓地裡。時常，想起他來的時候，對於二哥才廿三歲的生涯，感到迷惑。二哥的一生，有什麼目的？有什麼意義？二哥自小對我的友愛……這一切，畢竟有什麼意義？我感到譬如讀一本殘破不全的，似乎應該很有趣的書一樣，覺得迷惘而不滿足。

花開、花落。草長、草枯。二哥的生與死，或者就與大自然的生殺一樣吧。然而，我、老爸爸、母親……這幾年來對二哥刻骨的懷思、銘心的悼惜，又豈是自然可以安慰的嗎？

3 AMERICAN DREAM

他還記得，文秀英的這篇稿子，原名是〈老爸爸和二哥〉，是他把「老爸爸」這幾個字刪去的。文章裡刪改的不多。這是她投來的最長的一篇。他猶還記得，初時寫來的稿，難免有過多、過大地使用形容詞的毛病。有一次，她送來一篇寄給友人的信，讀來眞摯而溫暖。他把她叫到辦公室，誇獎了她，並且隨機叫她用眞正是自己的話，說眞有所感的事。而這以後不久，他就被調到臺北總辦公室，這篇稿，是他在臺北著名的華盛頓大樓裡的麥迪遜臺灣公司辦公以後，由廠裡負責《麥臺月報》聯絡事務的人事室寄來的。

他當時被文秀英的這篇稿子嚇了一跳。如果他還在廠裡，他一定會把她從線上找來，熱心地同她談談這篇文章。可是他已經調到臺北了。總經理艾森斯坦先生發表他當行政主任。他正面對一個新的工作崗位，一個新的展望。用英文寫計劃和報告，佔據了英文還不是頂老到的他大部分的時間。他原想以編輯部名義寫一封鼓勵的信，終於也忘了。

——那時候，我終於也忘了啊……

他抽著菸，落入沉思裡了。他想起還沒有上師大，在荒陬的大武鄉教小學的時候，自願接下「看牛班」，爲他們墊錢買珠算練習本子的那些日子來。「不要認爲學校不要你們、社會不要你們、父母不關心你們，」他對那一班學生說：「至少至少，老師要你們……一畢業，你們就要去面對充滿了各種風浪的社會。所以你們要好好地學。多學一分，多一分保護自己的力量……」他猛地回過頭，把黑板一遍、一遍，慢慢地、精細地擦乾淨，好偷得一點時間，讓自己滾燙的眼淚流呀流地，洒了一臉。等他流完了，用手帕揩好，回過頭來，他看見幾十張小臉，緊咬著小小的嘴唇，紅著幾十雙眼眶，也是眼淚流呀流地，掛滿了小小的臉，卻沒有一人失聲。「好啦！別哭。有什麼好哭的！」他訓斥似地說，「珠算練習本，習題六。」孩子們匆匆地用自己的衣袖抹了臉，乒噹乒噹地打開桌子，拿出練習本和算盤來。一時細細碎碎的算盤聲，像淙淙的小溪，流過這荒陋的山城的寂寞的教室。

師大畢業以後，他到一個礦區教國中。在一個學生的作文中，發現這學生有一個善於繪畫的啞巴妹妹。第二天，他陪著這學生走了一段長長的山路，去看那年幼的啞女的畫。然後他費盡了唇舌，說服那尷尬的父母，由他把女孩子帶到臺北上盲啞學校。

這樣的一個他，在他讀過了文秀英的稿子之後，終於竟也忘了寫一封鼓勵的信給她。

——曾經爲了別人的苦樂、別人的輕重而生活的自己，變成了只顧著自己的，生活的奴隸，大約就在那時開始，也說不定。

他對自己沉吟地說。

他自分是個並無大志的人。他雖也考取過留學考試，但那只是爲了消磨服役中被派到教育單位而多出來的時間，在部隊裡讀了幾個月的書考得的。在那個多雨的礦區教了幾個學期的書之後，他的父親忽然病倒，失掉了工作，也失去了半邊身子自由行動的能力。在日政時代的農校畢業，光復後調到這個、那個農政單位，工作了三十幾年，雖然沒有什麼陞調，卻一貫認眞、勤奮工作著的他的父親，這時，忽然對於生，表現了異乎凡常的焦慮。

「如果，這就是我一生的下場，就太不値了。」老人獨語一般地說，「蜷曲在這樣的鄉下，一輩子像傻子一般地工作……你也一樣啊，阿傑。趁著我還沒死，弄一棟房子住罷。」

他原不曾把他的話當眞。因此，也就不去推敲是他父親自己要弄一棟房子呢，抑或者要他去弄一棟房子。不料等退休金一下來，他的父親即刻湊上一點私蓄，訂下了一棟看起來毫無生氣、旣沒前院，後院又窄小的販仔厝。

「尾款是你的事啦。」他的父親說。蒼白的臉上，洋溢著一種近乎呆癡的喜悅。

那年夏天，他在報紙上找到麥迪遜臺灣公司徵求廠長文書助理的廣告，條件是「流暢的中英文書寫能力」。中文，他是本行。爲了天生語學上的興味而自修的英文，他卻沒有把握。然而，他畢竟考取了。他辭掉教員的工作，離開了那多雨的礦山區，來到麥迪遜設在中壢的工廠。直覺地感到他的父親必不久於人世，他把全部的心智投入新的工作，確保這個多出教員的薪水將近五分之二的新工作，以便繳淸購屋的餘款。

第二年春天，老總經理豪瑟赫姆，一個飄著滿頭銀白亂髮，戴著金絲眼鏡的瑞典老人，調回美國退休。總公司派來年輕的、魁偉的美國人艾森斯坦取代了他的地位。

那一期的《麥臺月報》，刊登了由他翻譯的幾篇發自美國康州總公司的人事資料。索恩・J・艾森斯坦，四十二歲。美國佛琴尼亞州人。佛州州立大學農學系畢業，獲農學學士學位。一九六六年在越南服役一年七個月，回國後在紐約哲爾新工程大學修工程，獲工程碩士學位。畢業後，分別在歐文環境工程公司、美國通用、德州儀器等公司負責遠東地區銷售、技術和產品方面的管理工作後，在一九七四年加入美國麥迪遜儀器公司遠東部門，負責技術與服務方面的工作。這次奉派來臺灣，是他第一次負責經營方面的管理工作。總公司的人事消息稿這樣寫道：

「艾森斯坦先生表現出技術和管理相互配置的長才。爲了特定技術的發展而調整管理結構，並且使這個新的管理結構，在古老、富於傳統、對於現代化趨向產生各種阻力的東方，做了成功而有效的實踐……」

艾森斯坦接事以後不久，在宋老闆陪同下，驅車到中壢的廠裡來。艾森斯坦看起來比原先資料上所刊的照片還要老些。他有一頭近於暗褐的顏色的鬈而濃密的頭髮，雖然蓬鬆，卻梳理得自然、乾淨。他有一對大而好看的眼睛，閃爍著一種發源於強烈的自信的自在、謙和、快樂的光芒。他高大，平板、堅實的腰幹，讓人覺得他是一個正蒙受青春、智慧、財富和權力寵幸的人，卻不引人妒嫉。

在簡報會議中，張維傑默默地坐在廠長的一旁，依照秩序把文件、資料傳給正在做報告的廠長。會議結束，艾森斯坦先生握著一杯冰橘子汁，和張維傑寒暄起來。

「喜歡你的工作嗎？」艾森斯坦先生說。

「喜歡。」他說。

「你的背景是……」

他簡略地述說著他的家世。艾森斯坦先生微笑地聽著，並且微笑著說：

「當我們說『背景』，意思是學歷……」

「噢，對不起。」

他約略地臉紅了。他於是告訴艾森斯坦先生一些他的學經歷。「我的哥哥也在中學教書哩，Victor。」艾森斯坦先生說，「你的英文挺不錯——可別告訴我你從來沒有到國外念過書。」「沒有。」他說。「噢，我在亞洲待了好幾年。大部分能說寫英文的人——我是說說、寫都比較好一點的，大部分都到過外國。」艾森斯坦先生說。

「謝謝你。」他說。

那時，他感到有一點受寵若驚了。但他也感覺得到：艾森斯坦先生那些友善、親切、善意和熱情的外表的裡側，有一股隱約，卻也確實的淡漠。當艾森斯坦先生說：「你的英文挺不錯——可別告訴我你從來不曾到外國念書」時，顯然地誇大了自己的好奇心。然而那樣隱約卻又實在的冷漠，摻和著語言上、態度上的自在和親切，這個年輕的美國上司，在他的中國下屬之前，塑造了一種無由言宣的威儀。

約莫兩個禮拜以後，他被調到臺北。

那是一個初冬的清早。他打從新租在士林的住所，搭了兩趟車，到臺北的指定的地點後下了車。細雨從較之街道兩邊的大樓尤高的、陰暗的、清早的天空，綿綿地下著。街上依然穿梭著各式各樣的車子。輪胎疾駛過水漬的地面，發出一種潮溼的、寂寞的聲音。他幾個急步從站牌竄到一棟高樓的走廊裡，用手揮去身上的雨珠，他點起一根菸，慢慢地走在大半都還沒開門的這一條麕集著臺北市最爲壯麗而豪華的大樓的大街的走廊上。他不知道命運要怎樣把一個鄉下的孩子，一個偏陬的國中教員，帶進這他只來過幾趟，對它的全貌仍然陌生的首善的城市。然而，他的心是欣快的，充滿著對於不可知的未來所懷抱的希望。

「請問，華盛頓大樓在哪？」

他對一個扶著機車，寂靜地望著細小但卻下得十分綿密的雨的少年問。

少年向他的斜對面指了指，然後用同一隻手伸進走廊外的細雨，拈了拈下雨的情況，又沉默地望著瀝瀝地澆著這首善的大街的雨。

他抬頭望去，一棟赭黃大理石板砌成的，壯碩、穩重、踏實的大樓上，鑲著一排厚實而典雅的英文字：

WASHINGTON BUILDING

「謝謝。」

他望著那大樓獨語也似地說。

他一邊望著雨中的華盛頓大樓，一邊走著。走到華盛頓大樓的正對面，他看見這分成四棟的十二層樓建築，像一座巨大的輪船，篤定、雄厚地停泊在他的對面。走廊的柱子，是黑色的大理石片砌成的。在細雨的澆洗之下，整棟大樓的大理石顯得乾淨而明亮。無數的窗子，整齊、劃一地開向大街。有少數幾扇窗子已經點著日光燈，透過輕薄的紗帳，向大街透露出青色的燈光來。樓下的幾個大門，都用不同花式的鐵柵鎖著。鐵柵上寫著各行號商店的名字，有餐廳、銀行、輪船公司、建築公司，還有一家西服店。他抬起手，看了看腕錶：才七時過三十分，整個大樓都還在沉睡之中。

麥迪遜臺灣公司就在這大樓的五樓上。張維傑終於從零亂的、經常飄著高壓電機房裡發散出來的淡淡的臭味的中壢工廠，調陞到華盛頓大樓總辦公室。他有了自己的房間，地上舖著地毯，夏天輸送冷氣，冬天飄著暖氣，長而寬大的桌子，黑色假皮高背椅子。桌子上一塊檜木三角牌，鑲著兩排銅質的英文字：ADMINISTRATION MANAGER, VICTOR CHANG——行政主任。張維傑。

最初的若干個星期中，艾森斯坦先生有系統地交給他一些職業訓練上的材料，全是厚厚的一疊影印的英文本。艾森斯坦先生要他仔細地讀完，定期在下班後的時間，在總經理辦公室討論。

離開大學生活已經好幾年的張維傑，對於公司以這樣嚴肅的、學問的方式，訓練一個年紀尚輕，出身平凡的東方人，並且畀以重任，感到責任重大，並且對艾森斯坦先生，艾森斯坦先生所代表的美國麥迪遜公司，以及使美國麥迪遜公司的這一切成爲可能的美國自身，發生了深切的敬畏和崇拜的心。

因此，每天每天，他在下班以後，勤奮地研讀著艾森斯坦先生所寫的MULTI-NATIONAL FREEDOM。他查字典，他做筆記，他沉思。雖然他畢竟還只似懂非懂，但對於一個企業經營者的艾森斯坦，能建立這樣一個器宇不凡，充滿著由深刻的理論所烘托起來的理想，滿懷著敬意。

《跨國性的自由》的第一章，寫幾年前甚囂塵世上的對於跨國性企業的批評。「這種批評，來自不負責任的（美國）國會，和一小撮半吊子知識分子。」艾森斯坦先生寫道：「但是，截至目前爲止，對於這些批評，跨國企業——它們對於人類文明和進步的貢獻，無疑地遠超過它們的歷史所帶來的缺失——卻沉默不語。隨著巨大企業的精緻化，今日的企業管理者已經不是過去的資本家階級——勤勉、幹練、自然的聰明有餘，而於文化、知識則粗陋無文。今日的管理者各有專精的學養，敏銳的分析和判斷的能力，更有全世界性的胸襟。」因此，艾森斯坦先生以爲，對跨國性企業的歷史和功能做一科學的評估，並創造性地發展跨國企業體制對於發展人類福祉的巨大潛能，已經刻不容緩了。「與其讓對世界經濟事務一知半解、不負責任的國會議員，和古老的費邊社會主義遺留下來的半吊子知識分子們，聒噪不休地議論跨國公司，」艾森斯坦先生寫道：「莫若由今日精緻的管理者自己，來分析、檢討跨國結構，並且指出一條富於革命性的、創造性的道路。」

在第二章裡頭，艾森斯坦先生對於企業的跨國性發展，做了一番歷史的回顧。「早在東印度公司的時代，資本主義便帶著顯著的跨國性的體質。」艾森斯坦一開始就寫著。就企業的國際性發展，對於世界技術、科學、開發、文化、教育、醫學和管理科學的貢獻，艾森斯坦先生做了扼要而淵博的說明。

在第三章，作者艾森斯坦檢討了美國在海外投資企業對於當地國家的經濟、政治、文化的干涉問題。「無可否認，美國對各地獨裁軍事政權的支持，對於各當地除了共產主義勢力以外的民主力量之杯葛，以美國強大政治力量支援美國海外投資企業對當地民族主義感情的殘暴踐踏，對當地社會的腐敗和經濟貧困的完全冷漠……這些指責，在今日看來，尤其將百年來海外私人投資的各種正面的、肯定的功勞拋去不論時，仍有極爲眞切的現實性。」作者認爲，跨國性企業的成長，和古典資本主義的成長，自有其功與過。「沒有初期資本主義的黑暗與悲劇，現代化、合理化的資本主義就無從想像。同樣，跨國企業的初期歷史，難免有一些嚴重的弊病，」艾森斯坦先生寫道：「但是，時至今日，跨國企業優秀的經營者，已經有充足的想像力、智能和管理知識，來改變它的形象與角色。」

怎樣重建新時代的跨國企業的形象與角色呢？艾森斯坦先生在第四章〈麥迪遜：復興美國式的理想〉（MERDISON：RESTORING AMERICAN DREAM）中寫道：正如進步的資本主義從進步的科技和管理科學——而不是原始的、赤裸的剝削——去創造它的利潤，新時代的國際企業也必需認識到對資源國家和民族的「殘酷榨取」激發無法制壓的反抗，而結果只有玉石俱焚。企業的理想和全人類的繁榮和進步將同爲灰燼。因此，新時代的跨國企業，不在依靠專制的軍事獨裁政權、干涉內政；不踐踏資源國民族追求民主、正義、獨立的願望；不以資源國家的悲慘的貧困、不幸來換取企業的利益。「正好相反，現代的跨國結構應該以理解資源民族共同的願望——公平的社會、民主的政治、獨立的國家、受尊重的文化、基本上充裕的生活——做爲市場調查和經營目標中的一個重要部門。」艾森斯坦雄辯地寫道：「今天的國際性資本，應該提高而不是降低當地人民的生活，促進而不是阻礙當地政治的民主化；應該尊重而不是干涉當地的政治、經濟、文化等各方面的生活；應該高舉而不是壓抑資源國家工人的人格、權利……從而獲致企業的成長。」而且，據艾森斯坦先生說：只有這樣的角色轉換，即從壓迫者、掠奪者變成朋友、協助者，才能調動資源國家中一切積極的條件，博得資源國家政治、文化、員工的忠誠、諒解、友誼和勤奮的工作，使國際性企業，重新獲致富於生命和創意的遠景。「五十年代的美國式的理想——AMERICAN DREAM，在完成它創造一時代的繁榮之後，逐漸褪色。」艾森斯坦先生繼續寫道：「今天，麥迪遜將創造一個全新的意象（Vision），並且在它的光芒下，徹底改造跨國資本的經營體質。一切人的幸福！一切人的自由！一切人的正義！這已不是少數政治的激進主義者們所專有的口號。建立在世界和人類的自由之上的跨國企業，使跨國企業獲致從未有過的自由！」

對於在臺灣接受比較平面的教育而長大的張維傑，艾森斯坦先生的講義中許許多多的觀念，全是他前此從未曾有過的。整整花了將近兩個月的時間，張維傑驚異地，一點一滴地認識到美國公司的罪惡，同時又一點一滴地建立起艾森斯坦先生新的、開明的、「跨國性的自由論」。張維傑彷彿重新體驗了一場生與死，以至對於生命有了一個全新的認識一樣，對艾森斯坦先生建立了無法取代的尊敬和忠誠。

「艾森斯坦先生，我學到太多了，眞的非常謝謝你。」

在講義接近了尾聲時，他由衷地說。

艾森斯坦把背靠在他的高高的皮椅背上，把一雙長腳高高地擱在他巨大的辦公桌上，微笑地點起一支菸。

「這兩個月裡，我知道我又挑對了人。」艾森斯坦先生笑著說。

在韓國、在土耳其、在菲律賓、在泰國，艾森斯坦先生所到之處，總是在各該國的麥迪遜公司，找到一個人，然後以這個人爲酵母、爲槓桿的支點，「使整個古老的結構開始發酵、使沉重的老制度鬆動起來，」艾森斯坦先生說，「雖然我過去負責的是技術部門，但過去的這些成績，已足夠引起董事會的注意。臺灣麥迪遜的成功，將會把我送回康州總公司，主持全球麥迪遜的構造改革。那時候，你和其他一些我揀選、試煉過的人，將是我復興美國理想於全球的骨幹！」

過了聖誕節，艾森斯坦先生對他下達了第一項行動的命令：重組工會。

「來臺灣之前，我已經讀過一些一般的和這個公司的工會資料。」艾森斯坦先生說，「品管經理楊和物料課經理王基是工會的領導人。女工佔全生產部門總人數的五分之四，卻沒有一個女工被推選爲工會的幹部。這些都不對。」艾森斯坦先生笑了起來，「大同小異呀！他們在韓國、菲律賓的情況，在某些方面，甚至更壞！」艾森斯坦先生不要一個橡皮圖章似的工會。「那樣的工會，對公司是方便得多：言聽計從的。」艾森斯坦先生說，「可是，這種工會的代價，是怨恨、不忠、生產效率低下。」

過完元宵，公司配給他一部一千六百西西、福特「跑天下」的車，供他三天兩頭跑中壢，便是在那個時候。工作怎麼進行？艾森斯坦先生沒有答案給他。「你自己想辦法，」艾森斯坦笑著說，「那是你自己的問題。有了問題，再來找我！」

他決心全力以赴。首先，他讀中華民國工會法。其次，他到廠裡去找人了解。就在那時候，他找到敏子和趙公子、素菊她們。

小文的〈二哥〉，在這樣的日子裡轉到臺北，送到他的桌子上來的。——那時候，寫一封熱心鼓勵的信的心情——一個鄉村的國小老師的心情，早已萎縮了吧。代之而起的，是一股子自以爲非常重要的工作責任。

他兀自想著，苦澀地、孤單地笑了起來。

——而終於忘了，在讀過〈二哥〉之後，忘了寫一封信給她，也毋寧該是一種必然的結果吧。

他無聲地，對著自己說。

4　第一隻蝴蝶

五月六日

四月三十日剛好是星期天，所以廿九日加完小夜班，就搭遊覽車回家。回到家，已經是凌晨兩點了。出來應門的，不料竟是大嫂。原來，大哥住的那一廂，已經準備要拆，所以大哥大嫂全住到爸媽這一廂來。

「我聽見小黑叫個不停，猜著是你了。晚飯的時候，我們正說也許你晚上就趕到。」

大嫂笑著說。

上次回家才一個胳臂長的小黑，如今竟長得又高又壯。剛才對我猛吠不停的小黑，現在卻也不斷地對我猛搖著捲起的尾巴。牠的眉目間，發散著一股聰明、敏捷的樣子，討人喜愛。

老爸爸和媽媽跟著也起來了。媽媽的臉，笑出好幾道新的皺紋。老爸爸只在我叫他的時候，若無其事地「嗯」了一聲，摸起一包壓扁的菸，遞了一支給大哥。兩個生性不愛講話的父子，便在一旁默默地抽菸，聽著我和大嫂、媽媽講城裡、家裡的和鄰近的事。

第二天，大嫂一大早託人去請半天假，在家陪我。最近半個月，鄰近的石盤厝那兒在蓋房子，她就在工地裡打零工。大嫂只長我幾個月，是石盤厝那邊詹家的長女。雖說她只小學畢業，人情世事，知道得比我多得多，使我很敬重她。什麼時候，才能有大嫂那種從生活和勤勞而來的智慧呢？

小姪兒又長大了許多。大哥、大嫂的頭髮都不鬈曲，就不知道這「小棒棒兒」（老爸爸給取的小名），怎地長了一頭自然曲鬈的頭髮。小棒棒兒的眼睛不算頂大，可是眼珠子卻又黑、又大。抱在大嫂的懷裡，眼睛卻碌碌地望著我，然後出人意外地，張開還不長牙的嘴，笑了起來。

吃過早飯，我和大嫂沿著圳溝散步。小黑跟在我們的前後奔跑。整天也沒人拴著牠，就不知道爲什麼牠會那麼興高采烈。我和大嫂輪流抱著小棒棒兒，撿著有竹蔭的路走。五月初的天，明亮、透明，照著兩邊的蔗田裡隨著風舞動著的蔗葉。每次回到家，看著這些，就不想要回到工廠去。或者，至少也希望能多幾天假，待在家裡。

小黑忽然在幾步子遠的前頭，對著圳溝，又跳又吠。不經意間，發現圳溝裡漂著幾片銀白色的魚的屍體。其中有一條約有四指寬的，漂浮了一陣，又奮力地掙扎，在一小片水波中，潛入水中，然後又翻著蒼白的肚皮，無助地浮了上來。小黑便是對著這苦痛地掙扎的一條，汪汪地吠著。

「一定是哪一個夭壽的，毒了魚，又不撿乾淨。」大嫂說。

午後，大哥騎著機車回來。一進門，就說下嵌溪的下游，漂起了幾百上千的死魚。好些都被蛇籠截住，漂散著腥臭。

「這半年，上游兩邊蓋了不少工廠。人都說工廠流出來毒水毒死的。」大哥說。

我想起了上午在圳溝裡的死魚。這裡每條大大小小的圳溝，全是分的下嵌溪的水。我彷彿看見幾百，上千的死魚，翻著蒼白的肚皮，漂浮在水面上，忽然地想到，中壢那麼多工廠，流出去的水，都到哪裡了？然而，也從來沒聽說過中壢附近的哪一條溪水，一下浮起那麼多的死魚。

「幾年來，我總以爲下嵌溪早已經沒了魚了……」大哥說道。

使得隱秘地、友愛地、安靜地生活在下嵌溪中的那麼多的魚，一下子窒息死去的人類，多麼令人討厭！

五月十一日

中午回到宿舍要拿胃散給趙公子，在我的桌上放著一封沒有貼郵票的信。打開來，是一封沒有署名的男子的信。他說我的〈二哥〉寫得很好，他很欽佩。他還說想要和我做一個朋友，「不知道你肯不肯答應？」此外，他還寫了大概是去抄來的一些很不應該說的話。

我想過把信帶在身上、放在抽屜、藏在衣櫃……都覺得不好，終於把信撕碎，丟到穢紙桶裡去。不過我還是十分駭怕。是誰呢？一定是工廠裡的不知哪一個男工人。但是到底是誰呢？還有，是誰把信放在我的桌上？女工宿舍，男工是絕不可以進來的。也許是他託了誰帶來的。同房的安慶、敏子、紹玉都不會。趙公子更不會。爲了猜測這些，我在空空的宿舍裡，覺得好像什麼地方有兩隻眼睛在盯住我似地，怕得想哭出來，兩腳都軟了。最後我終於拚著命跑出房間，看見宿監奧巴桑在倒開水，才安心地走出宿舍。

到底他是誰呢？雖然信沒有給我什麼特別的惡感，卻覺得他是一個不正經的人。整個下午，線上的工作一鬆，我就在猜著那個寫信的人。

五月十三日

上午十時許，會客室通知有客人接見。看接見單子，知道是松崗來的陳伯伯。這眞是意外。我高興地跑到會客室。

「丫頭——」

陳伯伯用沙啞，帶著濃重安徽口音叫我。我的臉紅了起來，但不覺得困窘。我看著陳伯伯又白了三分的平頭，健壯的身體，說：

「你怎麼尋來的，陳伯伯！」

陳伯伯呵呵地笑。從小，我就記得他那寬寬的黑臉，說兩句話，就咧著大嘴巴笑。「笑什麼呀，陳伯，沒笑過呀！」小時候，仗著他的寵，常常放肆地這樣子罵他。

「怎麼尋來的？小時候，跟別家小孩玩丟了，還不是陳伯尋來找到的。」

他又呵呵、呵呵地笑。他說的，是我已全不記得，偏他又百說不厭的小時的事。他說我的地方，是楊伯伯告訴他的。楊伯伯是老爸爸的舊日袍澤，二十多年前一塊兒從空軍退下來。陳伯伯是楊伯伯的朋友，也是退伍的老士官。後來反倒是陳伯伯和老爸爸走得最近，陳伯伯剛下來，住過我們家一段時間。直到三、四年前，他在埔里上去松崗那兒租了地，種夏季蔬菜，人變得黑了，身體卻結實了。

陳伯伯仔仔細細地問他的老友——我的老爸爸——和家中的近況。

「他就是愛種地，丫頭。這年頭，平地上種那幾分地，能賺什麼？」陳伯說，「可是他只是愛種地，賺呀，賠呀，他全不在意。你知道為什麼？」

「不知道。」

「他常跟我說，種地，就像回了家一樣。他常愛誇，他十來歲就下田。附近一樣佃農家的小伙子，沒有一個做活做得過他。」

陳伯伯說著，就沉默起來。

「山上好嗎？」我問。

他彎著嘴笑。

「好。好，做什麼用？我這把年紀，不像你老爸爸，有個家，有個寶貝丫頭。我圖個什麼？」

他又呵呵、呵呵地笑起來。這十多年來，媽看他把一點錢借這個同鄉做生意，調那個朋友成親，自己缺用，別人兩千、三千的還，生氣的說：「人家現在家也有了，生意也有了底子，就你還一個人，什麼也沒有。」爸媽每年三番幾次催他成家，他總要搖頭：「自己的媳婦，成親也不到一年，把人家一個人撂在那兒，走了……」他說到這，媽媽就不說話了。背地裡，媽老是跟爸爸說：「老陳這個人，情意很重。」爸只是嘆息。「老陳外面看是整天呵呵哈哈的人。其實呀，他的心，比玉米穗子還細……」

陳伯伯帶了小包、大包的瓜子、酸梅、蜜餞、花生、牛肉乾。臨走，還要塞錢給我。我怎麼推辭，他都不肯。他看我收下了，便飛快地走出會客室，笑開他寬寬的黑臉，朝我擺了擺手，孤獨地走出大門。

五月十六日

最近我覺得我有一點驕傲了。我時常把自己讀著的書亂擺在桌子上，彷彿要別人知道我與眾不同，是一個平時愛讀書的人。我想這樣別人會討厭我吧，以後一定要改正。

今天大哥幫我寄來一本《汪洋中的一條船》。

五月十七日

今天下午上工不久，總務處在廣播中找了我去。

「領稿費——要自己請客，還是我先扣起來買糖大家吃？」出納的周小姐說。

「也請客、也扣錢好了。」我笑著說。

周小姐把裝著四百二十元的紙袋給了我。我說了「謝謝」，轉身要走的時候，總務主任室吳主任叫住我。

「領稿費呀?」吳主任問。

「是。」

我說著,又不爭氣地臉紅了。

「你很有才華。」吳主任說,「工作之餘,多用心一點,別的事,不要去管。」

「是。」

「他們談工會的事,有沒有找你?」

「沒有。」

「哦,爲什麼?」

「我不知道。其實,像工會那麼難的事,找我,我也不懂。」

吳主任笑了起來。

「我們好好工作,有興趣就練習寫文章,別的閑事不要管。」

我拿著稿費回來。對於吳主任的話,我懂,也不懂。一直到現在,心裡還是覺得有一點奇怪。

這個世界上,我不懂得的事還太多了。

五月二十日

今天收到陳秀麗的信，說她早已收到了我的信，也說她讀我的信很感動，甚至於哭了。

最重要的是，她說下個禮拜天，她要帶那位李先生來中壢，希望能見到我。

中午，趙公子和魷魚吵架。魷魚在她那一組。趙公子是小組長。趙公子說魷魚最近老是心神恍惚，使線上裝配的錯誤率增加很多。趙公子千方百計找理由揄，不讓班長把錯誤歸到魷魚身上。魷魚回說，她不是故意的。

「故意?他×的，還容許你故意呀？」趙公子火爆脾氣，扯著嗓門兒大聲叫了起來，「你知不知道爲你背了多少黑鍋！」

這回，魷魚出乎意外的說：

「趙公子，我對不起，我最近身體不大好。」

說著說著的魷魚，就低著頭，流起眼淚。

魷魚一向是有理、沒理，都要抬到底的人。聽著魷魚這麼說，趙公子錯愕住了。

她抓抓頭皮，低著頭走了過去，拍了拍魷魚的肩膀。

「不是啦，我也是爲你想，」趙公子說，「我想掩蓋，也掩蓋不久，終究你吃虧。」

魷魚不說話，只搖頭。

在一邊看著的我，不知怎樣地，也偷偷地流淚了。

五月二十六日

今天張經理來廠開會。一整個早晨，大會議室都關著門。被派去侍候茶水的素蘭，只在送水的進出中，聽到一點點。「他們在談工會的事。張經理說，工會要代表工人的利益，才能團結工人。張經理說，目前，公司福利、環境，都在臺灣一般水準以上，公司不應有什麼顧慮。」素蘭說。

「廠長怎麼說？」敏子問。

「我不知道。」素蘭說，「反正是，廠長、吳主任，似乎問題很多。什麼這個不妥當，那個要是什麼什麼，怎麼辦。只張經理在那兒苦口婆心。」

「機房、倉庫、維護組的男工，沒有一個熱心要組織一個自己的工會的，」趙公子說，「有好些老工會的人，和同他們一夥的人，還笑罵我們。×你娘，做查埔人那麼無用。我罵他們。」

在一旁靜靜地聽著的何大姊問：

「有沒有去找運輸組的阿欽、阿祥？」

「找過了。」敏子忙著說，大夥慢慢地圍住了何大姊。

「他們怎麼說？」何大姊問。

「他們說，事情不簡單，叫我們再看看，壓力很大。」

「哦哦。」何大姊沉思地說。

上工的鈴聲響了起來。都準備加夜班去了。

五月二十八日

今天是禮拜日，我在早晨九時就跑到中壢市，和陳秀麗約好的壢宮芋冰城，冰果室卻尚未開門。我只好在中正路、文化路那一帶逛，到壢文書局買了五本：楊青矗的《工廠女兒圈》、黃春明的《魚》和《鑼》，芝蘭的《智慧的語言》和茱萸的《給少女的二十四封信》。

九點四十分回到芋冰城，門開了，秀麗他們卻還沒來。我在那兒一個人看報紙副刊。一直到十時過一點，他們才來。

他的個子不高，頭髮很長。他的眼睛顯得有些浮腫，像是常常不曾睡好的樣子。獨獨他的嘴，輪廓很明白，看起來像是由於他長著那樣的嘴唇，所以很會說笑，常常說些令我實在忍不住要笑的話。

他抽菸抽得很多，而且看得出他的心思常常忽然不在這個冰果室裡了。坐在我的對面的他們，時常由他若無其事地對她作親暱的動作。秀麗只是溫順地低著頭，彷彿說：「你看，他就是這樣，我眞沒辦法。」

秀麗提議一道去看早場電影，我正要不加思索地說好的時候，他也說：

「去吧，就一起去吧。」

他的明顯的不熱心，一下子使我臉紅起來。

「不，對不起，最近不知怎地，一進電影院，我就會頭痛。」我說。

「哦，這樣嗎？」秀麗擔心地問，「怎麼會這樣的呢？」

「怎麼會這樣啊。」他說。

「眞是對不起。」我笑著說。

就這樣地和他們分了手。秀麗用眼睛看著我，彷彿又在說：「你看，他就是這樣，我眞沒辦法。」

那天中午，我找到一家粽子擔，吃了兩個大粽子，一碗肉羮，吃得飽飽的，才回到工廠。

宿舍裡出去玩的人都還沒回來。

不知怎樣地，我覺得他不是一個可靠的人。也不知怎樣地，直覺地覺得，秀麗要是跟了他，也許要吃苦吧。

整個下午，想起來就爲秀麗難受。

六月一日

利用上午休息的時間，跑回宿舍換××棉，在走廊上聽見呻吟的聲音，一探頭，看到鱿魚躺在床上。

鱿魚的臉灰白，滿頭、滿臉都是汗，頭髮、枕頭全是溼的。我驚慌地叫：「鱿魚！游碧玉！」她還是緊閉著眼睛。我覺得腳底溼滑，低頭一看，是她吐出來的飯水。地上掉了一封信，信封上寫著「父母親大人，不孝女碧玉」。

——自殺呀！

這樣想著，人整個都僵硬起來。我咬著牙，飛快地跑到焊烙組找何大姊。

「不要聲張，我馬上就去宿舍，」何大姊沒停下手上的工作：「你去衞生室叫阿鄭來。」

我和阿鄭到了宿舍，看見何大姊打了一杯生蛋，用鐵湯匙往魷魚的嘴灌。

「阿鄭，你打個電話到守衛室，說她有急病，放行送醫，等我們走了，再跟經理講。這件事不可以聲張。」何大姊頭都不抬地說，「魷魚吃了虧。有了孩子，對方不認賬。小文收著這封信。」

在中壢市上的古內科，整整折騰了三個小時，魷魚才醒來。她張開眼睛，看看何大姊，看看我，看看灰暗的病房，然後把頭偏過去，向著窗外，漣漣地流淚。

「小文你沒事就回去。」何大姊說：「這兒的事，對誰也不能提。」

我看見何大姊的臉上，頭一次展開了笑容。她的臉粗糙，卻有一口整潔的白牙齒。

「魷魚怎麼了？」

趙公子和許多人在問。

「沒怎麼。」我若無其事地說，「沒什麼，上吐下瀉而已。」

她們笑了起來。

「看她平日多嘴饞，活該。」素菊說。

魷魚確實是個沒有人緣的人。她用一種傲慢、冷漠與人隔絕。然而我很知道她一直都有一顆渴望著友情、愛和關懷的、很寂寞的心。

她該怎麼辦？這種事，我偶然也聽說過，在報紙上讀到過，卻不料讓我碰到活生生的眞人眞事。

她該怎麼辦啊。我實在爲她憂慮。

六月二日

魷魚住到何大姊家。

何大姊住在興安路。晚上和趙公子去看過。這是我第一次上何大姊家。二十坪左右的老公寓。月租二千元。何大姊有一個上小學三年級的男孩，對動物有極端的喜好。房子裡有他飼養的一隻兔子、三條金魚，一對不住地在鳥籠裡飛撲著的「鳥嘴筆仔」。家裡沒有男主人——在兩年前因車禍喪生。

何大姊和趙公子、魷魚商議，決定替魷魚請十天假。

「孩子要不要？」

何大姊把頭湊近躺著的魷魚問。

「要他幹什麼！」

趙公子生氣似地說。何大姊抬起她的臉，對趙公子搖搖頭：「不能這樣說。你沒有做過母親，你不知道。這一定要問她自己。」何大姊又說：

「要生，就要下決心把孩子帶大、帶好。這不難。我們做工人，只要你肯做，兩條胳臂照樣帶出好子孫。」

魷魚拉著何大姊的手，沉思著。然後她忽然放聲哭了。她捨不得孩子，卻不要孩子。何大姊輕輕地拍著魷魚的肩，一邊爲她拭去眼淚。

「沒有準備好，就不要生，也是對的。」

何大姊喃喃地說。我卻躲在一邊跟著魷魚掉眼淚。這沒出息的眼淚。眞氣人！

六月五日

小夜班下班，走出工廠，外面是晴朗的夜空，滿天都是細細的星。快走到宿舍，忽而看見有顆流星拖著亮藍色的尾巴，消失在水塔那一邊的天空。

小時候，在竹叢下的古井邊乘涼，每次看見流星總要對一邊燃燒著、一邊流逝的星星，不知爲了什麼地合十，惹得母親愛笑。

今夜，我已離開家鄉的古井和竹叢好遠了。當時拿著竹篾扇子，躺在冰涼的椅條上的我，如今卻要工作到午夜，帶著疲乏不堪的身體，走出廠房，才看見那向著自己的終點疾馳的星火。

啊，多麼叫人懷念的故鄉。多麼叫人懷念的童年的那一顆流星……

六月十一日

今天魷魚提早來上班銷假。晚上，她把東西搬出宿舍，住到何大姊家。

最稀奇的是公司突然宣布要發一筆獎金。

中午，在餐廳裡，原有工會的理事長蕭振坤，站在廠長的旁邊，笑嘻嘻地說，有些人認爲工會幾年來沒作爲，其實是一種誤會。「一方面，我們是美國公司，環境、福利，可以說是『一等一』的。薪資大體上也不錯，」蕭振坤說，「工會可以做的，不太多。」說著，他自己卻先笑了起來。他說，工會這次爲大家爭取一筆獎金，酬謝大家長時間對公司的忠誠和貢獻。張清海、李貴他們帶頭鼓掌。鼓掌的人確實很多。

有錢領，誰不高興？

六月十五日

今天是星期六。一大早，各班交代各組收圖章，到總務組去領獎金，並且宣布下午停止加班。整個早上，就像在度假一樣，工作照常，可是空氣中瀰漫著一層喜悅。獎金在裝配線上，裝配員二千五，組長三千，班長三千五。中午在飯廳裡，看見工會貼了幾張海報。這倒是新鮮。海報上說「協商、團結，努力生產」；「提高警覺、保密防諜」、「信賴工會的領導，服從公司紀律」。另外有一張海報，徵求同人對公司福利的意見。如果人數夠，工會將建議公司開插花班、組織乒乓球隊、土風舞社，等等。

吃過飯，我利用飯廳的冷氣在那兒寫一封信給大哥，寫好信到福利社門口的郵筒投遞的時候，碰見魷魚。

「看見趙公子沒？」她說。

「沒，」我說，「找她呀？」

「何大姊找。她們都在你房間。」魷魚說，「我買點兒東西。」

房間裡果然是敏子、素菊、何大姊，還有品管部的劉苑裡，和辦公室的趙淑華。大家在討論工廠最近的一些變化。

一個多月來，素菊、敏子、趙公子受到過直接、間接的警告。「閑事莫要管那麼多，他講：張經理，憑他一個人，就能呼風喚雨？到時候說不定連他自己也不保，何況你們？他講的。」敏子說。她指的是鍋爐房的李貴。「上回張經理來，說他在臺北壓力也很大，宋老闆一夥人暗中反對他。」素菊說，「這幾天，我常聽見李貴那沒出息的人冷言冷語，我看廠長、吳主任，全不贊成我們搞新工會。」

這時魷魚和趙公子進來了。魷魚抱了一包糖果，擺在小臉盆裡，放在大家圍成的圈子的中心。

「獎金我不想領，」趙公子說，「這明明是公司花錢給蕭仔振坤做面皮，×伊娘。」

「錢他要發，我們就拿。」一直沉默著的何大姊開口了，「不過你的下半句話說對了。公司花錢支持老工會。爲什麼？他們怕另外搞出個工會，沒有蕭仔振坤、李仔貴那麼聽話。」

「何大姊！」趙公子說。

何大姊抬頭望著窗外，好似在細想著什麼。這時魷魚抱了六、七只洗好的杯子。「我在燒點水泡茶。」魷魚說。「不好意思、眞歹勢。」素菊靦腆地說：「你坐下來，我去燒水。」「不，你們談，我去。」我說。

「燒水燒好了你就來，」何大姊笑著對魷魚說：「小文你坐過來。」

何大姊原坐在我的床上，她移動一下位子，拍著空下來的地方，看著我說。我不知不覺地走過去坐在她身邊。

「我做女孩的時候，就出來做工，頭尾也做了十七、八年了，工會的事，我看過、搞過，也不知幾回了。」何大姊說，「吃虧、受騙，更不知幾回。因此，張經理找你們談，我打定主意不信。他們辦事的要吃我們做工的，花樣多、辦法巧，嘿，你想都想不到。你不信他、不理他，就一定沒事。」

大家沉默地聽著，一邊剝糖吃。

「這是我的經驗。不過，這一回我看糊塗了。一直看到今天，我想：就相信一次吧。經驗我是有一點。可是，我們要有一個會寫字、做文章的人做書記。」何大姊扳著我的肩膀，拍了拍，說道：「請我們小文幫忙，怎樣？」

全室的人都在鼓掌。我看著何大姊那方方的臉，點了點頭。說也奇怪，好像忘了似地，這一回，我沒有臉紅。

但是，在寫日記的現在，我卻駭怕了。對工會的事，我什麼也不懂，怎麼負起這責任呢？雖然何大姊一再說，「餾幾回，就會了。工會，是使公司變得大家相處得更合理、更溫暖的工作。只要你有熱心幫忙的心腸，就可以了。」我還是很怕有負大家的期望。

想使公司變得大家相處更溫暖、更合理的何大姊她們，想起來眞令人尊敬。

六月二十日

昨天傳說吳主任要辭職，今天果然不見吳主任了。「被總經理免職啦，」同房的安慶說。「爲什麼？」趙公子問。安慶說不知道。敏子一溜煙跑出臥室。過了一會，敏子回來。

「拚上了！」敏子小聲說，「總經理說吳主任用公司的錢打擊工人的工會活動。錢沒事先批准，又企圖用別的名義瞞過去報銷。」

「獎金會不會收回去？」紹玉說，「眞沒意思。」

廠長下班時臉色凝重。蕭振坤那一夥人忙著拆除餐廳裡的海報。

這幾天，我每天晚上都要到何大姊那兒辦事。從何大姊的口裡，才知道好多「爲了使公司裡的生活更合理、更溫暖」的人們，遭受許多苦難。以調職的方式被迫自動辭職，利用自私心較重的工人去破壞，阻撓工會的正常工作。「有一位在成衣廠做的朋友，爲了組織工會，立刻被辭職。」何大姊平淡地說，「我的朋友並不屈服，一狀告到縣政府，公司讓她復工，一個月以後，因不堪種種精神上的凌辱，只能自動請辭。」

我終於也知道，法律一般地是保護工人的。只是那些自私而有錢有力的人，百般阻撓我們工人去享受法定的、應有的自由而已。因此，我就覺得不能不努力用功。何大姊借了我一本《六法全書》，我必需把勞工法看熟了。

「有總經理主持公道，這次你們應該再不會吃虧了。」

何大姊雖然這麼安慰我們，我還是覺得緊張。蕭振坤那一夥人是不會輕易罷手吧。

六月二十五日

這幾天，工會的籌備工作顯得比較順利。吳主任免了職，廠長終日躲在他的冷氣辦公室，蕭振坤那一班人也藏頭露尾地。更多的女工敢公然在生產線上談工會的事了。這幾天以前還以「我沒興趣」、「我不懂事」來推辭加入新工會的要求的人，現在都說：「參加了也好。」趙公子、素菊她們也很賣力。每天回到臥室就是談工會。我在麥迪遜快四年，一向過得開朗，可沒見過什麼時候，生活這麼有意義。

陳秀麗來信。說她的他「爲了在外地節省開支，要求先一起生活」。而不料住到一起了，他卻失去了工作。她信上說：「現在我也必需辭掉工作，因爲他說我到餐廳去做服務生，收入會好一點。」可憐的秀麗。

她的信使我想到魷魚。但魷魚完全變成另一個人了。住在何大姊家的魷魚，成了何大姊的好幫手。幫著照顧孩子，整理起居，使何大姊把整個心思放在工會上。

六月二十九日

今天張經理來了。他看起來消瘦了許多。

何大姊、敏子、趙公子、素菊、魷魚、紹玉和我，在物料課會議室開會。

張經理看見了我，笑著跟我點頭。

「工會成立以後，《麥臺月報》要闢專頁記載會務和動態，就由你來編寫。」

張經理說。接著他大略地談了一下臺北的情形。「臺北的壓力也很大，」他疲倦地說，「我和你們大多數人一樣，對工會一竅不通。但是我越是做，就越是覺得這是值得花費心血的工作。」

接著他說他看見我們這幾個人，在何大姊的領導下，工作有了很大進步。他說總經理對這個工會期待很大，因爲這是實現他自己的理論和理想的重大情事。「美國實在是個偉大而進步的國家。」張經理說，「這兩個多月，我深深地感到，我們中國的管理者，在觀念上落後了很多。」

何大姊在報告工會籌備工作之前，說了這樣一句話：「工會不能靠一、兩個特殊的英雄來做，那是不可能的。何況我也是個普通工人而已。工會要成功，要靠工人有自覺，有覺醒，要靠工人相互間的團結。以前我從來不夢想公司會幫忙。今天我看到公司的確有誠意，我們都很感動。今後工會不只要爲工人福利著想，也要爲這樣子有誠意的公司著想，使我們工廠成爲一個很溫暖的家庭。」

張經理問到男工人方面有沒有代表。何大姊說：

「男工薪資遠比女工好些。再說，他們人少，容易控制。有幾個人等工會正式成立，才要出頭參加。」

何大姊說的人是運輸部的阿欽和阿祥。阿欽是個小個子，不愛說話的司機，是何大姊過去一個工人姊妹的丈夫，也是一塊兒搞工會，弄得「顚沛失所」，到處換工廠做的人，同何大姊，簡直是一兄一妹。

張經理把目前女工方面的普遍要求，仔細筆記起來。「工會一成立，我們先解決這些問題。」他說。

會上決定儘快申請成立新工會，選舉工會骨幹。時間，暫時預定在七月中旬之前。

七月三日

這半個月以來，我改變了很多。

我知道了在芸芸衆多的工人間，有何大姊和阿欽這樣，以木訥的正直和並不喧嚷的正義心及勇氣，自己吃虧，受辱，卻永遠勤勉而積極地生活著的人。

我越是認識到他們，越覺得自己過去是多麼無知，多麼虛榮，也多麼膚淺。

我雖然自以爲不是一個驕傲的人；但比起他們，我眞覺得羞愧。自以爲會寫一點文章，多認識了幾個字，稍微喜歡讀一點書，就不知不覺地自以爲比別的工人同事高明。想來也眞慚愧。

堅決相信人應該互相友好、誠實地生活，吃了許多苦頭而不後悔的何大姊她們，是多麼的了不起。我幸而偶然間認識了這些少見的人，並且和她們共同工作，使我改變了我的人生。爲他人而生活的人，才是眞正爲著自己而生活的人吧。

清晨，在工廠水池邊的花圃上，看到今年夏天的第一隻蝴蝶。螢光藍色的底子，墨黑的紋路，像一朵飛舞著的花朵，在花間，在池邊穿梭。當心中充滿著認眞生活的決心，自然所帶來的喜悅，也變成了那麼教人欣悅的鼓舞。

5　蟬聲

他猶記得：在那一次會議中，何春燕提出了幾個問題：

一、麥迪遜的工資制度，只有女工的工資是公開的，而且是最低的。公開，因爲公司徵求「女作業員」的小廣告上就說得很清楚。最低，是因爲公司認爲女工的薪資，一般不必養家活口，是一個家庭的補充性收入。另一方面，女工們也以爲到了及婚年齡，終需一嫁，結束工人生活，因此很少積極爭取較合理的工資。

二、公司固然有退休制度，但現行制度以服務二十年以上，年滿五十五歲的人爲對象。女工十四歲出來工作，在一個廠一待二十年的，並不少。她們貢獻了整個青春時代的體力和腦力，溫順、勤勉地工作，卻永遠得不到退休金。

三、公司依據市場的情況，隨意增減女工。景氣好、市場暢旺，就大量汲取女工。一旦市場遲鈍，公司就不願意負擔多出來的女工，於是就找些雞毛蒜皮的小事，逼人辭職。馴服的女工，經常沒有工作上和生活上的保障。

張維傑把這些意見寫成一份報告，在第三天早上，送到艾森斯坦先生的辦公室。艾森斯坦先生靜靜地看完報告，說：

「很好，Victor，你的工作，似乎直到現在才有一個比較清楚的眉目。」

「但願如此。」張維傑說。

「現在，你先看這個。」

艾森斯坦先生說著，隨手從桌子上找到的頂頭上司麥伯里（Round D. Mayburry）先生——麥迪遜遠東區部的總裁——寄來的信。

信上說，關於中壢工廠吳主任免職的事，照准。但艾森斯坦先生擬議的廠長的免職，不予考慮。「在我看來，你的一切報告，均未顯示我們在臺灣的工廠確因缺乏社會正義而表現出急迫的不安。工會的改革，並沒有獲得意想中工人方面熱烈的支持。」麥伯里先生寫道：「我不以爲在沒有明白而普遍的不安與不滿的情況中，推翻目前的秩序——這秩序，特別從『跨國性自由』的價值加以衡量時，無疑是落後、愚蠢，甚至是殘酷的——對於企業結構，將帶來重大的損失……」

而尤關重要的是，麥伯里總裁花了三個段落，簡單地敍述了宋老闆與總公司位高權重的董事長派特內（V.D. Partney）的私人關係。一九三〇年代，流落在中國上海的年輕的派特內受到當時盛豐洋行的小開宋弼的資助，開起船公司。大陸變色，派特內以中國式的江湖義氣，帶著宋弼一家回美國。後來，宋弼住不慣美國，派特內便用過去船運界的關係，把宋先生安揷在一家英國貨輪在臺北的辦事處。嗣後，當時在美國麥迪遜遠東部任中級幹部的派特內，因爲在韓戰期間成功地開展了麥迪遜在日本、菲律賓和泰國的事業，被步步擢陞。六〇年代末期，當麥迪遜來臺投資，還能記得大半上海話的老派特內到臺灣來找到宋先生，由宋先生出面，以合作投資的名義，順利地設立了臺灣麥迪遜儀器公司。「親愛的艾迪，」麥伯里寫道：「我應該早告訴你——在你赴臺履任之前，充分地告訴你這些。如果你要整廠長，意味著你和宋之間的決裂。這個道理，在西方也許不易理解，但，在那奇怪的東方，你知道，這卻是少數極明顯的，活生生的道理之一！」

「可是，麥伯里先生是西方人啊……」

張維傑說著，把信還給了艾森斯坦先生。

艾森斯坦先生無可如何地笑了起來。

「你不認識麥伯里，Victor。他慣常對我們說：東方像是個深情而又保守的寡婦。各位先生，只要你懂得討她的歡心，她會獻出她的一切——但是即使在最輕狂的時刻，也要顧到她的面子，以及一切東方人的禁忌。」艾森斯坦先生學著用沙啞的聲音說：「這就是那個年老、卻精力充沛的老麥伯里，Victor。而他就用他的這種深得東方神髓的哲學，在幾年內擴張了麥迪遜在東亞的地圖。」

張維傑笑了起來。他曾在某一瞬之間，隱約地感覺到不知在什麼地方讓人羞辱了一下。但那也只不過是一瞬間的感覺罷了。他坐在艾森斯坦極為寬敞、豪華的辦公室中，讓這年輕、英偉而經綸滿腹的上司當做貼心的人，聽他傾訴。

「整個遠東區的高層管理部，長年來暗地裡流傳著一個笑話，Victor，」艾森斯坦先生說著，一邊輕輕地撫弄自己鬈曲在鼻端和單薄的上唇之間的鬍髭，說：「他們說，老麥伯里當年淪落上海，便曾為一個『深情而保守的寡婦』收留過。」

艾森斯坦先生於是拍著桌子，嘩嘩、嘩嘩地笑了起來。

「可是，艾森斯坦先生，」張維傑說，「如果他授權讓你在臺灣開展『跨國的自由』這個新的管理哲學……」

年輕的艾森斯坦先生沉默地注視著窗外。窗外，是灰藍色的初夏的天空，在左邊，遠遠地矗立著美國加州聯合銀行的看板，正中是泰國航空公司的廣告牌。從這華盛頓大樓的第十樓，透過雙層鋁窗緊緊鎖住的辦公室望出去，甚至雜沓的車聲，也顯得異常的遙遠了。只留下幾座大樓，孤單的身影，在污濁的夏的天空中，死一般安靜地站立著。

「企業，只懂得成長，只懂得擴張，Victor，」艾森斯坦先生緩緩地說，「企業唯一缺少的東西，就是心肝。」

艾森斯坦按了按桌角上的鈴子，他的秘書周小姐開了辦公室的門，倚在門邊。

「Yes, sir?」

「請你給我一杯咖啡，Sweet，」艾森斯坦先生說。然後他轉向張維傑：「我想Victor也需要一杯。」

「謝謝。」張維傑說。

艾森斯坦先生從抽屜摸出一包菸，抽著。他說：

「問題不在於麥伯里和宋的友情。問題在於：我能不能成功地改造臺灣麥迪遜的體質，使它更有活力——更有生產性。」他呼著灰色的煙，把菸灰彈進一只菲律賓烏木做成的菸灰碟，說：「在韓國、泰國、菲律賓、印尼，我碰到過多少類似宋這樣的人。他們不願意改變。但在最後，他們不得不順服。每次看到這些東方的、年長的權威，終於不得不放棄他們最後的驕傲，Victor，我感到企業的巨大、不可抵制的力量。」

艾森斯坦先生惋惜似地、輕輕地搖著頭。這時，在艾森斯坦先生那巨大的桌子旁邊的電話嗚、嗚地響了。

「Yapp，」艾森斯坦先生用他細白而巨大的手，一把抓起那奶油色的電話。

那是宋老闆的電話。艾森斯坦先生對著電話說：「我和 Victor 談一點事，再五分鐘就結束了，噢，也許我到你的辦公室。」

周小姐用日本漆盤端進兩杯咖啡。從她把杯子端到艾森斯坦先生的桌子上，一直到她佻佻達達地走出辦公室，艾森斯坦先生毫不掩飾地、安靜地注視著她輕微地隨著步伐跳動著的、她的渾圓的乳房。然後他無言地、惡戲地向張維傑眨眨眼。

「總之，你的報告來得正是時候。」艾森斯坦先生端起咖啡，細心地喝了兩口。「你必需再工作一些時候，我就要以正式的文件，用公司最高的權力，支持新工會的產生。」

張維傑留下大半杯沒喝完的咖啡，離開了艾森斯坦的辦公室。一出門口，他碰見了就要走進自己辦公室的宋老闆。

「宋老闆，」他說，微微地點了點頭。

宋老闆微笑著，回禮似地點了頭，就走了進去。

坐在自己小小的辦公室裡，他想起了艾森斯坦先生的話。

「……他們不願意改變，但在最後不得不順服……」

然而，宋老闆似乎不是那麼容易「順服」的人。這一個月來，中壢工廠管理部門對新工會的抵抗，驟然加強了起來。何春燕的工會活動受到警告，說她在上班時間擅離職守，並且到其他部門擾亂工作秩序。小文、素菊都受到領班的刁難。趙公子有一次問他：「到底洋總經理當不當家？」老工會的活動也在穩定地增強。除了發放福利金，老工會的幹部，據說也開始笑臉迎人。

「張先生，你得當心著點兒，」收發的老趙有一次在僅有張維傑同乘的電梯裡說：「我在這兒待久了，看的也多。這兒有一夥人，全跟宋老闆是一路的。」

老趙一頭白髮，在大辦公室靠門的地方擺一張小桌子，上午、下午兩趟上郵局取信、發信。平時沒事，安安靜靜地在他的桌子上臨帖寫字。

「我看過幾個洋老闆兒來了，去了。」老趙用沉重的北方口音說，「可不管人家是方的、圓的，剛的、柔的、直的、彎的，一碰到宋老闆兒，全像喝了酒似的，耳也不聽，目也不明了。」

起初，他不明白：臺灣麥迪遜不是他開的，何以竟叫做宋「老闆」？後來，他陸陸續續地找到了一些理由。

宋老闆，雖然是地地道道的上海人，卻因從中學時代，一直生活在北平，所以說得一口漂亮極了的北平話，沾著一身北平人的味道：待人客氣、有禮，笑臉迎人，即使心中懷著深仇大恨，也不輕易形於顏色。而「老闆」，正是北平人最受用的尊稱。另外，他雅好京戲，據說唱得一腔好青衣。他在麥迪遜騰達以後，一干票友，也便尊他一聲「宋老闆」。最後，他在公司的職位是Managing Director，名片上叫的還是經理，但實際上，權位介乎總經理與各部經理之間，因而叫他一聲「宋老闆」，他總是笑盈盈地說：「哎，好、好。」於是在公司裡，上上下下都稱他「宋老闆」，而他也一直以那悅耳的北平腔說：「好、好。」

宋老闆才過了七十歲的生日。雖然頭髮、眉毛都掉得稀稀落落的，卻沒有多少白髮。他的體型精瘦，一年四季，穿著質料和剪裁都十分入時的西裝。他有一張寬寬、大大的臉，肥厚、卻顯得結實的嘴唇。

有一次，宋老闆的秘書Kelly請張維傑到宋老闆的辦公室。他輕輕敲了敲原已開著的門。宋老闆抬起頭，笑開了臉，說：

「請進來，Victor。」他指著桌子前頭的椅子：「這兒坐。」

患了風濕的宋老闆的辦公室，把冷氣開得很低，比艾森斯坦先生的辦公室小了一點的宋老闆的辦公室，一派中國式的裝潢：檀木彫花的壁櫥、書架和櫃子，他自己的辦公桌，略窄而長，兩頭微微地飛起，看起來彷彿是古裝片上縣太爺問案的桌子。三面牆上，掛滿了字畫，和整個房間的裝潢，相映成一種幽遠的古趣。

「坐吧，Victor。」宋老闆說。

注意到他那肥厚而結實，泛著暗紫色的唇，便在這一次。

「也沒什麼事兒，」宋老闆說，隨手拿起當期的《麥臺月報》：「我每期看。看得很仔細喲，」他笑了起來，「編得很好。」

「謝謝您。」張維傑說。

「眞的。不過，我想跟你隨便兒聊，你就不要誤會我在干涉編務……」宋老闆笑著說。

「哪裡的話，宋老闆有什麼指示，請儘管說。」

「指示？」他又呵呵地，張著他那肥厚而結實的嘴唇，笑了起來：「不要客氣了。是這樣，關於你闡釋『跨國自由』那篇文章。」

「是的。」

「寫得很好。深入、淺出。」

「謝謝。」

「問題是，我們的國情跟人家的不一樣。我們麥迪遜有這個政策，但實行這個政策，有好幾個途徑。」

「……」

「臺灣很安定，很繁榮，」宋老闆緩緩地說，眼睛徐徐越過了對面的張維傑，注視著窗外婆娑的大樓的影子，「我三十八歲才到臺灣，Victor，這種安全，要珍惜啊，這個道理，我們這樣的人，最懂啊。」

「……」

「Victor，我一輩子對政治沒興趣，」宋老闆說，「我不是在爲政府說話。」

「我也沒這麼想。」

「Okay, now，美國人很天眞。」宋老闆說，「阮文紹不是說過嗎？……他說什麼？反正是，做美國人的朋友難，聽他們的話，吃虧的是自己，與他無干。」

張維傑問：他拿的是公司薪水，總經理怎麼交代，他怎樣才能不怎麼做。宋老闆嘆了口氣。「Victor，誰也怪不了你。我只建議，遇著什麼讓你爲難的事，把我當做同事，大家商量一下，也許會好些，」宋老闆說，「你說，是不是？」

然而張維傑終於沒有機會凡事先和宋老闆「商量一下」。因爲這之後不久，爆發了中壢廠事務主任「任意」移用公款，以老工會的名義，濫發福利金的事件。艾森斯坦先生簽出免吳主任職的信發出去的那個上午，宋老闆關在艾森斯坦先生的緊閉的辦公室裡，兩人發生了一場雙方都儘量壓著聲音的爭吵。

這以後，宋老闆總以不失起碼禮節，而又無從誤解的冷漠對著他。「您早，宋老闆，」在晨間遇著宋老闆，張維傑總是熱心地招呼。「早啊，Victor。」宋老闆會說。有時宋老闆還會停住腳步，「你住的地方，搬定了沒？」「啊……」「聽說你想找個比較寬的地方租。」「啊，是是。可是，房子要合適的，也眞不好找。」「爲什麼？」「合意的，貴，房租呀；不合意的，不想要。」他說。「哦哦」宋老闆說，「慢慢兒找罷。」說著，便優雅、體面地走開了。

等張維傑走進自己小小的辦公室，坐在椅子上，查自己行事曆上今天該辦的事，卻不由得想著：

——怪。怎麼我要搬房子的事他也知道。

「這有什麼稀奇？」

中午吃過飯，在華盛頓大樓的地下室裡的攤子上挑幾件外銷打回來的便宜襯衫，碰到老趙，談起來的時候，老趙說。

「這有什麼稀奇？」老趙一邊把衣服貼在自己的前胸比著，一邊說，「公司裡頭，自然有人喜歡給宋老闆當腿子、當眼線兒的。」

「哦哦。」

「哎，多的是呢，這種人。」老趙說，「我看，他八成兒跟你對上了。」

「對上？」他說：「爲什麼？」

「這我不清楚。你自己捉摸，應該明白。」老趙說。

「嗯。」

「我說一件事兒你聽，就明白了。」老趙挑了兩件素色的襯衫，叫人包起來，一邊說：「從前──那時你還沒來呢，營業部有一個我們本家，小趙工程師，能幹哪，窮人家的孩子，做起事來，勤奮得很。」

「嗯。」他說。

「可這孩子有個脾氣──你們臺灣人說的：『外交不好』，」老趙說，「平時沒有事，跟人沒言沒語的。偏是這樣，也出岔子。」

老趙說：「一向喜歡人家『宋老闆』長、『宋老闆』短的宋老闆，看著這木頭似的小趙工程師，就不稱心。於是乎呀，他的那班子爪牙全出動了。打探、調查……什麼卑鄙事全做完了，」老趙說，「小趙工程師有沒拿人家回扣？查，沒有。有沒有浮報差旅費？查，沒有。有沒有只報出差日記，沒上工？查，也沒有。這樣一個小伙子啊，我們這小本家。呃，事情來了。」宋老闆佈置的人，終於找到了一個把柄。說是這位小趙工程師他父親，在民國四十幾年上，去日本營商，一直沒回來。「也不知什麼緣故，有人常會到他家去問那拋家棄子，在日本的負心漢下落。」老趙說。宋老闆說小趙工程師「家世不清白」，終於糊里糊塗地被攆走了。

「很好的一個小伙子，」老趙搖搖頭，說，「竹山來的孩子，我這小本家，很好。」

這以後約略十天左右，臨下班，張維傑桌上的電話響了起來。他反射似地抓起話筒。

——Victor。

是艾森斯坦先生。

——Yes。

——Victor，下班以後可不可以在你的辦公室等我一會兒？我想談一點事。

——當然。

——謝謝你，Victor。

——不要客氣。

張維傑說。他掛了電話，立即撥了電話給一個約好吃飯的朋友，說是臨時有急公，不克赴約。下午五時三十分下班，張維傑在辦公室裡，從窗口瞭望著對面一幢大樓的窗子裡也在忙著下班的人羣。五時四十五分，清潔工帶著抹布和吸塵器來打掃。

電話鈴再度響起，已是六點十分了。

——Hello, Victor。

——Yes。

——聽著Victor，現在你撥出去一個電話，找人聊聊。

——你 的意思是……

——我的意思最明白不過。隨便撥個電話出去，找人講幾句話。

——Ehh... Yes。

他滿腹狐疑地開始撥一個電話給房東。照例還是能幹的房東太太把房東的電話接了過去。「你搬也不搬，最好早些打算，」房東太太說，「我這房子，等著要租房子的，不瞞你說，不下五、六個人哩。」房東太太在電話裡嘻嘻、嘻嘻地笑著。猛一抬頭，看見艾森斯坦赫然出現在門口，一看見張維傑抬起頭，艾森斯坦先生用他的脖子做了一個邀請的姿勢，就走進他自己的辦公室了。

張維傑放下電話，走進艾森斯坦先生的辦公室。

「Victor，你有沒有注意到，」艾森斯坦先生苦笑著，輕輕地搖頭：「有沒有注意到，當你在講電話，偶爾會從電話中傳來一點聲音：Click！有沒有？輕輕的聲音：Click！」

「我沒注意……」

他脫口說。其實，在那一瞬間，他記起來：的確常常有謹慎的「咔嚓」聲，從通話中的電話機中傳來。

「你沒注意，Okay，」艾森斯坦先生說，「現在我要你到每一支分機去，打個電話出去。」

他和艾森斯坦先生走出來。艾森斯坦走進宋老闆的辦公室，他則走到每一個分機，找一個號碼，找一個理由，打電話。最後，他走到宋老闆的辦公室，看見艾森斯坦先生坐在辦公椅子上，兩條長腿，老高地翹在宋老闆的辦公桌上。

「他竊聽每一支電話，Victor，」艾森斯坦先生望著窗外傍晚的大樓的影子：「God damn it！」

張維傑站著，一時覺得自己像一個傻瓜。

「Victor，叫電工來，把電話線路改過來，」艾森斯坦先生怒聲說，一面在記事本上找一個號碼，撥著電話。張維傑正想返身走出去叫電工，卻被艾森斯坦先生手勢叫住了。

——Hello，我是索恩·艾森斯坦。

艾森斯坦先生的臉，面對著牆上的一幅隸書，造作地笑著。他對著那一幅說：

——啊哈，宋大太。Henry在嗎？……是有事要找他。請他打電話到我家好嗎？

……

「亨利·宋是個傻瓜。這一次他吃虧定了。」艾森斯坦先生說，「你的工會，什麼時候可以選出來？」

「那就要看——」他困惑地說。

「不要看了。我是說，可能最快的時間。」艾森斯坦先生說，眼中發散著戰鬥的亢奮的光芒。

「七月二十上下。」

「七月二十上下。」艾森斯坦先生喃喃地說，「Okay, Victor，就是七月二十五日吧。」

那天晚上，艾森斯坦和宋老闆在電話裡一頓狠吵。第二天，宋老闆就沒來上班。他的辦公室深深地鎖著。平時工作量本就不多的宋老闆的秘書Kelly，這時比往時尤其的空閑，卻反而沒像往時那樣到總辦公室的這兒、那兒「串門子」。她靜靜地、憂愁地坐在宋老闆辦公室門外的位置上，翻翻書、弄弄檔案，或者坐在那兒偷偷地吃零食。

然而，退居在天母家中的宋老闆眞正的威力，卻反而在這時候無遺地顯露了出來。採購部經理劉幸雄，營業部第一工程師王臺容，海關事務部的王漢泉，都顯露了對於張維傑的沉默而毫不遮掩的敵意。他們事無巨細，白天通過電話，下班後直接聚在宋宅，請示、商議、密謀。

在工廠，舊工會在廠的支持下，公開地活躍起來。「工會經合法選舉產生，沒有廢棄的理由。公司要強化工會職能，再好不過，原工會已足勝任。」他們到處在工人間散布這樣的說法：「其實，工會不工會，一樣啦。工人要緊的是實利。多一點工作獎金，年節獎金，工會的事，誰來掌，全一樣。」

「我是廠長，只知道把廠的生產秩序和實效看好。工會問題，我服從公司的政策。可是細節上，我們也必需服從國家的法律。工會的解散和組成，有一定的程序，也有一定的主管機關來指導。」

在冷氣機馬達嗡嗡地響著的辦公室，廠長一邊把玩著手上的原子筆，一邊對特地來詢問對新工會態度的張維傑說。

這是數月來張維傑所遇到的正面的抵抗。堅定、傲慢的抵抗。

「可是總經理的意思……」

「我說得夠明白了。總經理的指示，我們服從。」廠長說，眼睛望著窗外一排齊整的尤加里樹：「國家的法律更要服從。原工會沒重大過失，從改良原工會來執行公司的工會政策。」

這時有蟬聲由噤弱而漸強，由漸強而聒噪，突破了仲夏的悶滯，自遠處傳來。

「謝謝您，廠長。」

被悶重的什麼激怒了的張維傑站了起來，走了出去。他決定立即翻掉老工會。

6 感謝的心

七月十日

利用星期日的今天，何大姊帶我和趙公子到三重，找到一個姓林的老工人，和他討論逐漸要進入實際業務的工會工作。「這位林仔欽，十年前我們全在華夏電線纜做工，他是工會運動的老將了。」何大姊說：「爲了工會，他也被到處整得悽慘落魄啊，哪像你們這麼好命，一開始弄工會，就碰上這麼好的公司，主動支持工會的。」

林伯伯——我這麼稱呼他——六十好多了，手上戴著一顆金印戒子。手掌因爲長年的勞動，指節變成一駝一駝的，正像家後院的竹根。他滿臉坎坎坷坷的皺紋，卻反而叫人覺得那麼親切。我忽然想：爲什麼女孩子都那麼怕生皺紋？像林伯伯這樣的皺紋——像爸、媽臉上的皺紋，不都很美麗嗎？

我要討教的，是廠裡已有一個登記好了的工會。現在怎麼解散它？

「嘿，夠奇咧，」林伯伯沉思地說，「活這大把年紀，也沒聽說公司支持工會的。」

林伯伯一再問何大姊，事情究竟是怎麼回事。「阿燕，你大大小小的事也見了不少，聽這小女娃兒講話，我不懂。」林伯伯說，「總不能說你也看不懂這齣戲碼。」

何大姊微笑著，輕輕地搖頭。

「奇卻也眞奇，不錯，」何大姊說道：「你可問問她們，起先我也只是不信。可是我看了又再看，美國仔做事，料不準啊。」

「美國仔？」林伯伯瞪著何大姊說：「美國仔的工作，你以前又不是沒做過。做頭家的人，通世界都一樣！」

林伯伯花了許多時間嘀咕：爲什麼公司會幹這種事。「也不是寫小說，哪來這麼好的事？」他不住地說。

以前那個登記過的工會還擺著，怎麼辦？

「怎麼辦？嘿！」林伯伯彷彿生氣似地大聲說：「奇就奇在這裡。公司要眞支持你們，解散一個裝在他們口袋裡的工會，還不容易？」

找三十個簽名，向縣府辦登記，然後召募新會員，辦工會職員選舉……這都記在「工會法」上面。可是在這一切之先，要解散原有的工會。根據工會法，解散工會，要工會破產了，或者會員人數不足，再或者工會的合併或分立。這三個原因，目前都沒有。最糟的是，原工會的人堅持不肯解散。

林伯伯一根接一根抽著菸。

「我看，你們還是去找那個姓張的經理。」他說。

何大姊也說，除此以外，似乎沒有別的法子。

七月十五日

收到我們的信以後立即趕來的張經理說：

「你們覺得，工人擁護你們嗎？」

何大姊沉思著。

「這要看公司支持工人的誠意，表示得堅定不堅定，明白不明白。」

這一回，張經理低著頭，想了許久。

「這個，我來辦。」他說，抬起他那疲倦的臉，「只要你們有把握，我們用投票方式決定改組工會，來解散原先的工會。」

「……」

「拜託你們，」張經理獨語似地說，「爲了艾森斯坦先生，請大家一定要努力，把新工會組織起來。」

「好的。」

我脫口而出地說。心情不知怎地激盪著想哭出來。

七月十六日

下午上工以後，工廠的鈴聲突然大作。沒多久，各線、各班、各組傳下話來，說是工會有事宣布，要大家到飯廳去。

趙公子走到我跟前。

「找何大姊去。」她說。

到何大姊的線上，素菊、魷魚已經在那兒了。

「一定是在玩把戲了。」何大姊說，「看來張經理、總經理眞的很孤立。公司的確有一部分人在努力支持我們，也有更大一批人要打擊我們。」

在餐廳，冷氣早已開著，每個桌上都擺著四瓶可口可樂和八隻杯子，一盤糖果。侯廠長、金副廠長、品管部甘經理、倉庫劉主任、機房李主任，早就坐在中央的桌子上，異乎尋常地親切地和進餐廳的人們打招呼，連素來有「苦瓜面」之稱的廠長，也掛著微笑。

人到齊了，瘦楞楞的蕭振坤說話了。他恭恭敬敬地請廠長訓話。

廠長說，公司決定把工會辦好，廠長決心全力支持公司政策。「在過去，工會不是沒辦好，而是我們美國公司各方面的條件，憑良心說，論工作環境、待遇、宿舍、伙食、都比本地廠好。這一點，大家到外面去比較，都很清楚，」廠長說，「因此，啊，工會可以說沒事可做，哈哈。現在，美國公司有政策，我們決定更積極來做好福利。」

廠長還說，最近有些人對工會有批評。「批評是好事，有批評才有進步嘛，」廠長笑著說，「可是我們是法治國家，一切依法規辦事。現在，我個人以爲呀，以目前我們依法產生的工會做基礎，來加強它，發展它……」

李貴他們帶頭拼命鼓掌。

接著蕭振坤笑嘻嘻地起來說話。他說，他和李貴、張清海，會同廠長開過幾次會，經廠方初步同意，工會在下半年度要做到這幾樣工作：第一、從九月份起，酌量調薪。「調整比率、辦法，目前還在研究，」他說；第二、由公司提出相對基金，搞一個互助基金，以備同仁急用時使用；第三、由工會組織一個員工福利社，「使我們在廠內可以買到比市面上便宜的日常用品。」

李貴、張清海帶著大家鼓掌，全場的人也高興地鼓掌。笑吟吟的蕭振坤，又恭恭敬敬地走到金副廠長身邊，要請他講話。

「慢著，」有一個女子的聲音說。

大家尋聲找人，不料是品管部劉苑裡，一個在附近理工學院夜間部讀書的化驗員。

「今天開的是工會，是工人自己家裡的事，多讓我們工人說話。廠方經理、管理人員依法不列爲工人。」

整個餐室突然凝固了似地安靜下來。金副廠長在一瞬之間，堆出一個大大的笑臉。

「阿坤哪，我們只來列席，是不應該多講。」他說，「對，對！讓大家多說話！」忽然有男工笑出聲來，全場就嗡嗡地笑了起來。接著一陣掌聲，像一陣快樂的驟雨，在餐室裡的各處響了起來。這時，何大姊站了起來。

「謝謝副廠長，」何大姊說，「不經副廠長說明，我們還以爲今天是公司要開會，蕭仔振坤做司儀。副廠長一說明，我們就知道今天是工會的會議，我們工人可以說話。」

笑聲、掌聲，活潑地氾濫起來。整個會場，充滿了快樂的氣氛。

「說到工會，蕭仔振坤、李仔貴、張仔清海，他們在勞資兩方面是靠著哪一邊，大家都很清楚。平時啊，他們一副高人一等的模樣，大家都領教過了。他們憑什麼？大家心裡都很明白。」何大姊說，「我們現在需要的，是一個眞正代表工人權益的工會。沒有我們這幾個人在這幾個月來的活動，我們會有獎金？蕭仔振坤會對你擺笑臉？會想到互助基金、福利社？」

一陣陣激動的掌聲好幾次打斷了何大姊的話。

「我們壓力很大。但壓力愈大，就表示公司裡有人眞正支持我們工人，」何大姊說，「工會不要像辦選舉，一到要選舉了，才出來舖路、造橋、豎電燈桿，喊我們這些沒用的人：『父老、兄弟、姊妹』。工會要說老實話，做老實事。我們工人就是沒用的人。但是工人就是老實，講老實話，做老實事。不說老實話、不做老實事，讓人買收，在工廠裡耀武揚威的，是工人嗎？哪裡是工人，是工仔蟲！」

喧嘩的笑聲和掌聲又揚了起來。可是我一直沒有笑，也沒有鼓掌。我只睜大眼睛，看著何大姊。她怎麼那麼棒，好棒哦，何大姊！

「講到互助基金、福利社，都不錯啦。可是，更重要的，工會要先辦三樣事。」何大姊說：「第一，我們女工薪水太低，比不上男工，和別的本地廠，不相上下。我們女工做的絕對不比別人少。但是人家以爲『查某囝仔工』，只用來補貼家用，自己買衣服、買胭脂，看成粗賤的工，不值錢。我們女工也想，反正不是一輩子做女工，不想，也不敢計較。我們的工會第一要爲本廠佔絕大多數的女工討個公道！」

全體女工們哇哇地叫好，拚命鼓掌。趙公子、素菊、魷魚她們，簡直叫破了嗓子，鼓腫了手掌。何大姊接著又提到女工領不到退休金，和公司可以任意裁員的問題。「蕭仔振坤，這才是我們工會要緊辦的事，才是我們工人的根本需要。」何大姊大聲，「蕭仔振坤，爲什麼你不提出這些問題？因爲你不是工人啊，你是，工仔蟲啦！」

好棒、好棒的何大姊。我激動得淚流滿面。接著劉苑裡立刻要求把何大姊的話當做議案，附諸表決。可是正好這時候，鈴聲又響起來。

「不要衝動，大家慢慢商量，現在工作時間到了，大家回去工作，」副廠長說，「以後再去討論，走啊，走！」

這個會，就在議論紛紛中散開了。「這樣講一次，贏過我們私下去找人談，」趙公子兩頰上亢奮的紅暈未退，說：「眞嶄！簡直在辦選擧。」

平時默默工作的何大姊，忽然成了全廠女工們的英雄。啊，我好佩服她。我要是有何大姊那種力量，就好了。

七月十八日

今天張經理來，帶了總經理的一封信和中文翻譯，貼在告示欄上。

總經理宣布七月二十五日經由民主選擧，決定工會職員是否應該改選。「工業民主和工業自由，是美國麥迪遜值得驕傲的精神，是美國麥迪遜結構中管理、生產部門密切團結、發揮高度創意和效能，爲人類文明品質提出貢獻的根本依據……」總經理寫道：「因此，本人重申：在投票活動期間，公司、工廠一切管理人員，一律不得干預，對進行活動的各方面工人，不得威脅、收買、或施加任何壓力。凡有任何上開情事，可直接向張維傑先生告發，由公司進行翔實調查後處置。」

爲了這張告示，我們的朋友突然多了起來。差不多所有的女工都說要投票贊成改組。蕭振坤一直到過了午，才出來表示要「堅決維護合法的工會」。傍晚，在積體電路部貼出幾張標語：「維護工會自主，總經理不得干涉！」「提高警覺，防止敵人破壞團結與和諧。」

「沒有用的查埔人！」趙公子對著標語罵。

到了晚上，生產線上貼了我們的標語，是素菊和劉苑裡寫的：

「保衛工會的純潔！」

「堅決擁護公司的工業民主、自由政策！」

「反對工蟲蠶食工會！」

「保衛工人合法的權益！」

七月二十二日

投票運動，已經進入白熱化的階段了。

上午十時多，門房守衛通知見客。一到會客室，赫然竟是大哥！

「你的面色很好嘛！」

大哥端詳著我，溫和地說。

家裡爸、媽都很好。「和陳伯伯合夥，由陳伯伯在山上種的夏蔬，八月上旬就可以收了，應該能賺十來萬元，」大哥笑著說，「只是豬一直在敗，半大不小的豬，都宰了，用鹽醃了好幾個水缸。」

「大嫂好嗎？」

「好。」

「棒棒好嗎？」

「好。」大哥說，「你呢？」

「很好呀，」我笑了起來，「你不是說，我面色很好嗎？」

大哥微笑著，把肉鬆、肉乾、餅乾都堆到我面前。

「好，就好了。」大哥說，「有人問起你，說你在工廠裡，愛管一些閒事。」

「閒事？」我茫然地說。

這時，隔著一個窗子的守衛員，忽然插了嘴。

「是啊，女孩子，又不一輩子當女工，將來嫁了人，享福去才是眞的，」他說，「工會什麼的，不要去管。有什麼好處？弄不好，工作都不保！」

「大哥，妹妹不是愛管閒事的人，」我說，「誰老遠去跟你說了閒話？」

「我這個妹妹呀，就是馬上辭去工作，家裡還有幾分薄田，愁不到她，也餓不壞她哩。」

大哥笑著、溫和地對守衛員說。

「我來看看，看著你好好的，我也放心了。」

送大哥出大門，幾次問他，是誰說我不安分，大哥只是笑：「問它幹什麼？」

七月二十四日

明天就是投票的日子了。

魷魚、素菊、梅子、苑裡、淑華已經把人組織起來，分別監督投票和開票。我和梅子是一組，等電算機部的人在淩晨二時下班，還要去拉票。

現在，我不知道爲什麼，心中有一股想向誰說：「謝謝」的心。

使我能認眞地爲了關心別人而生活的人和事，我要說：謝謝。

對於那些爲了使公司、工廠裡的人和生活，變得更溫暖、更友愛而忘我地生活的人，我要說：謝謝。

對於那些關心著工人、扶持他們、幫助他們爲了自己的權利起來說話的公司，我想說：謝謝。

對於能夠使這麼好的公司、這麼好的工人，一起生活和工作的自己的國家和社會，別人的國家和外國的人，我要說：謝謝。

能有對他人懷著感謝的心，是多麼幸福啊！

7　搖曳在空中的花

七月二十四日以後，日記就中斷了。張維傑翻著那以後約佔一本學生用筆記本四分之一的空白頁，發現除了有一頁潦草地寫了幾行不易辨識的字，其他的地方，只偶爾有一些類似帳目、地址、電話號碼之類，在急忙中塗寫下來的痕跡。

張維傑放下讀完了的日記本，看看腕錶，已是將近午夜的時分了。窗外一片黑暗，偶爾有機車的聲音，打破這僻巷中的夜的沉寂。他茫然地點著一根菸，想著：小文的日記讓他記起來有心或無意遺忘了的很多事。但惟獨她不曾記載的七月二十五日，於他卻是畢生中難以遺忘的一日。

——我不會忘的。不會忘的。

他喃喃地，無聲地對自己說。

孤獨地並立在品管部旁邊一大塊青翠的草坪上的庫房，一共有兩棟。它們互相間隔，大約有五公尺。那天的投票所，就設在離品管部約莫十五公尺的，較小的那一棟。

庫房的後面，是兩排女工宿舍。宿舍和草坪、品管室之間，有一個噴水池。池邊還圍著幾條水泥做的凳子。品管室前面，是兩層樓的總辦公室。品管室和總辦公室的右邊，並立著兩排雄厚的生產部大樓。一棟是裝配線，另一棟是電腦部。最前面是一個圓環，環中種著朝鮮草、杜鵑和玫瑰。圓環的中央是一根很高的旗竿，終年不見掛上任何旗幟。圓環的左前方，是停車棚，停著工廠裡幾個經理、工程師的車。車棚的右邊，是一長條低矮的機車棚，排列著不在廠裡住宿的員工的機車。圓環的正前方，就是臺灣麥迪遜儀器公司中壢工廠的正門，門上有一排典雅的不銹鋼英文字：MERDISON TAIWAN INSTRUMENT, LTD.。大門邊，就是那間方方正正的守衛室。

七月二十五日早晨，當張維傑開車到工廠，還沒進門，就覺得那天工廠門口似乎多了一些路人不似路人、而又絕不似工廠員工模樣的人，四處站著。當他一個轉彎開進通向大門的小斜坡，發現大門的鐵柵關閉著，而緊急地煞住了車。守衛員老王從守衛室跑出來把鐵柵移開的時候，張維傑茫然地感覺到空氣中飄浮著一股稀薄的緊張。

他在車棚停下車，抬起左腕，錶上是八點四十五分。離開正式投票的時間，還有十五分鐘。

一下車，他看見女工宿舍和品管大樓之間，站著蕭振坤、副廠長，和兩個老工程師；從品管部經過總辦公室，一直到圓環這邊，也站著李貴、張清海、機器房的老曹，和一些鍋爐房的男工人，形成一道人的欄杆。

對於陸陸續續從大門、從女工宿舍走出來的員工，這些人咧開嘴，微笑、點頭、招手，說：「投票延期了，從那邊走，準備上班吧。」「不要往這邊走，那邊走，那邊走。」

在庫房門口，寫著「投票處」幾個大字的紅紙條，被撕去了一半。他看見素菊、小文、梅子和幾個女工，站在庫房門口發呆。

「怎麼回事！啊！怎麼回事！」

憤怒堵塞了他的胸口，他高聲地呼喊起來。

平時已有幾分流氣的張清海，一個箭步欺過身來，用他厚重的身體擋住他。

「張經理，這個形勢你還看不懂嗎？」張清海方方的臉，離他只有十幾公分。他望著張清海那一邊嚼著檳榔、一邊說話的嘴，聽他諂笑地說：「我們也沒那麼大的膽。廠長叫的，我們吃人頭路，沒辦法。」

他奮力想推開張清海，無奈那身體就像一堵肉做的牆。他聽見小文尖銳地叫：

「張經理！張經理！他們破壞投票。」

「張經理，失禮，」張清海低聲說，「這形勢，你該看得懂。」

他聽見小文他們在哭著。

「張清海，你要幹什麼！」他大聲叫喊，「你給我走遠些！」

他推開張清海阻攔的手，快步穿過圓環，直奔總辦公室。「廠長呢，廠長呢！」

他喊著，「他×的，廠長呢？」幾個早到的女職員畏縮地站著，望著他疾步奔上二樓。

他用腳踢開二樓上廠長的辦公室。室內空無一人，只有一室初放冷氣的、淡淡的異味。

他走近窗子。他現在能很清楚地看見梅子把兩個胳臂環抱在胸前，無助地向前張望。小文和素菊，滿臉的淚痕。靠宿舍的一方，幾百個穿著藍色、白色和黃色工作服的女工，靜靜地隔著矮牆，望著庫房。在圓環這邊，相繼進來上工的人，都被那些哈腰、招手、微笑的人，趕到裝配線和電腦部去。再放眼望去，樹下、屋角、圍牆邊，多出了不少陌生而態度沉著的、高大的男人。

他伸手想打開窗子。爲了防止冷氣外洩而設計的鋁窗，卻不是他的膂力所能打開的。他隨手掄起一張椅子，打破了窗子。

所有的眼睛都望著他。站在屋角、樹下的人影，也向前邁了兩步，抬頭看他。

「不要灰心，堅持下去！」他向小文她們喊著：「總經理九點多來。他說好要來看投票的！」

這時候才從庫房走出來的趙公子，向著他喊：

「何大姊？怎麼還不來？」

他立即反身跑下樓。現在圓環邊，通向生產部的路上，都是竚立著的工人。他在人羣中穿梭。

「何春燕，何春燕呢？」他喊著，「何春燕，我帶你到庫房！」

他向品管室奔跑，冷不防一個身體擋了他的去路。

又是張清海。伸出強壯的胳臂，抓住他的兩肩，張清海說：

「張經理，聽我勸，讀書、拿筆的人，怎麼這形勢都看不識！」

他揮出右手，被張清海石頭般的手臂擋去。接著一個踉蹌，他不知何以竟倒在水泥地上。

「清海！你要差不多一點！」

從人羣中竄出來的阿欽，扶起了張維傑，一邊說。

這時，他才感覺到右胸一陣灼痛。看著慢慢走遠的張清海，他感到異常的沮喪。

阿欽默默地遞給他一支菸，爲他點上。

「我們已經有人四處去找阿燕姊了，」阿欽說，「聽魷魚說，早晨一大早，有人來報她母親重病，她便匆匆趕回去了。」

「今天，她不來了嗎？」他說。

「來。阿燕姊交代過魷魚，九點鐘以前，她一定趕回來，」阿欽看看腕錶：「九點早過了。」

他也抬起手看錶，九點十分。

就在這時，一輛紅色的計程車戛然地停在鐵柵前。何春燕跳下車，死命地向總辦公室這邊跑，卻被李貴擋住。

「李仔貴，你還是男人嗎？」何春燕大聲叫著說，「你給我站開一點！」她轉首向著竚立在圓環邊的幾個男工開罵：「枉爲你們是男人咧，還不把李仔貴撵開一點！」

李貴竟也悻悻地讓開了。何春燕扯開喉嚨，大聲叫嚷：「一大早，四點多鐘，不知道哪一個夭壽、短命的，來說我媽重病，一定要我回去。」何春燕喘著大氣說，「一趟計程車趕到清水，沒天良的，我媽好好的咧，中計啦！」

她從總辦公室向左轉的時候，張清海一把拉住她的手。

「清海，你不做人，你的子子孫孫，也未必像你這麼落衰，幹這種事。你放手！」何春燕咬著牙說。

「阿燕姊，算了，」張清海低聲說，「阿燕姊……」

李貴和幾個機房的男工，急步圍了上去。

「沒用的男人，你們只會站著看嗎？」

在草坪的那邊，趙公子叫著說。素菊、敏子和小文都向總辦公室這邊跑來。

「別過來！」何春燕叫著說，「你們回到庫房去。」

原先佈置在宿舍與品管室、品管室與圓環間的人手，一大部分集中在何春燕身邊，排成一道牆，把何春燕和草坪分開來。

「你們放開她！」

不知從什麼地方衝出來的魷魚，一張口，咬住張清海的胳臂，卻被一手甩倒在地上。魷魚頑強地、踉蹌地爬了起來，李貴和另一個男工，卻把她推開。「管這閑事做什麼，魷魚？」李貴厭煩似地說。

突然間，魷魚迅速地扯開自己的衣服。只一瞬間，她在七月的陽光中，裸露著上身。她的一對豐實的乳房，隨著她不易抑遏的怒氣，悲憤地起伏著。

「你們再碰我，再碰我吧！」

魷魚含著淚說。

人、陽光和空氣，在那一瞬之間，彷彿都凝凍起來了。沒有人說話，沒有人動彈。魷魚用她瘦長的胳臂，抱著何春燕，推開呆立著的張清海，走向草坪。草坪前的人牆，彷彿自動門似地開了一個缺口。這時李貴忽然搶了兩步上去，伸手想抓何春燕，卻聽見忿怒的叱喝聲說：

「李仔貴，×你娘咧，你去碰碰看！」

運輸部的工人阿欽和阿祥，瞪著怒目，抄了過來。他們說：

「人家一個婦道人家，身上脫得白白的，你敢去碰？打成肉醬再說！你去呀，碰碰看，×你娘！」

爲憤怒曲扭了的幾張男工的險，從走道上圍攏了來。李貴悻悻地走開了。

她們一踏上草坪，敏子、小文和苑裡迅速地奔跑上來，把魷魚和何春燕圍在中心，互相緊緊地擁抱起來。她們開始嚶嚶地哭泣了。只有何春燕，無言地拭淚，並且很快地脫下敏子的工作服，爲魷魚披上。在混亂中，約有八名、十名女工，向著庫房的趙公子向前走了幾步，迎接了她們。

當庫房那邊的女孩子們，圍著何春燕，憂愁地交談著什麼的時候，一輛深藍色的別克轎車，靜靜地滑進工廠的大門。車門打開，首先下來的是廠長，第二個下來的竟然是宋老闆。張維傑看了看錶，九點四十分。「艾森斯坦先生呢？」他狐疑地想。

宋老闆還是一身淺黃色的，裁剪妥貼的西裝。下了車，他自若地望著庫房那邊的人影，緩緩地走進總辦公室。侯廠長身邊，立刻聚攏了副廠長和蕭振坤一班人。從宿舍到圓環的人的欄杆，這時逐漸周密起來。宋老闆和廠長的出現，彷彿使一個鼓脹的氣球，刺破了一個細小的穿孔，全廠的氣氛，開始緩慢地、卻也持續地消降。

「請大家上工吧，」侯廠長笑著說：「投票的問題，改天再談。上工，上工，哈哈、哈哈……」

在廠長視野內的工人，隨著他懇求地揮動著的手臂，移動幾步。

何春燕那邊開始呼喊。庫房的牆上，不知什麼時候用瀝青寫著：「保護工人合法的權益」幾個斗大的字。

「衝過來吧，不要怕他們！」

「男人沒有用，我們女工要支持啊！」「過來啦，過來啦！」在逐漸炎熱起來了的空氣中，她們的細弱的呼聲，堅定地在空中迴盪：「過來啦！不要怕呀！」人們開始走動，有些人無意地徘徊，有些人開始緩緩地、彷彿不情願似地走向裝配線的大樓。

這時候，小文搬出一隻票櫃，站了上去。

「大哥、大姊們。你們就這樣撇下我們嗎……？」她奮力抑住哽咽，一字、一句地說：「你們不來，我們不能怪。但至少，請表示你們的內心，對我們的支持……」她終於嗚咽了：「用什麼方法都可以，請，表示，你們，沒有撇下我們……」

於是小文脫下黃色的工作帽，高高地舉了起來。左手迅速地拭淚，似乎急於不讓淚水模糊了視線，免得看不見別人的反應。草坪上的女孩，都脫下帽子，高高地、安靜地舉在空中，低著頭，呑嚥自己的哽咽。

張維傑望著整個工廠。幾百個工人都停住腳步。忽然間，在圓環這邊，有兩個男工摘去自己的帽子，高高地舉起來了。

「阿欽、阿祥，感謝啦。」

何春燕叫著說。

忽然間，幾百隻藍色、白色、黃色，分別標誌著不同勞動部門的帽子，紛紛地、靜靜地舉起，在廠房、在宿舍二樓、在裝配部樓頂，在電腦部的騎樓上紛紛地舉起，並且，在不知不覺間，輕輕地搖動著，彷彿一陣急雨之後，在荒蕪不育的沙漠上，突然怒開了起來的瑰麗的花朵，在風中搖曳。

草坪上的女孩子們低著頭，嚶嚶、嚶嚶地哭著。

小文跳下票櫃，倚在何春燕的胸懷裡。何春燕溫柔地貼著她的臉，輕輕地拍著她的肩不住地抽噎著的。過了一會，攬著小文的何春燕，低聲地和女孩們說了什麼，於是她們靜靜、靜靜地離開了庫房，離開了草坪。整個工廠的人潮，於是也逐漸在安靜中散去了。

然而就是那一天，艾森斯坦先生終於沒有露面。那一天近午的時候，何春燕和小文來找正要駕車離去的張維傑。

「對不起，」他低著頭說：「對不起……」

「不要這麼說，」何春燕說：「我想見見總經理。」

「我看，沒有用的。」他灰心地說。

「不，我要離開工廠了，」何春燕微笑著說：「至少，總經理要負責不開革小文她們。這件事，他要負起全部責任。」

小文哭了。

「何大姊，我跟你走。」她說。

「那麼……那麼明天，不，後天吧，」他無氣力地說：「明天我不去上班了，後天早上我來帶你。」他轉向小文：「你也去嗎？」

小文點了點頭。

第三天早上，張維傑一早從臺北開車到中壢，在公路局站邊把何春燕和小文帶上車，調轉車頭，開向回臺北的高速公路。

何春燕坐在駕駛座的旁邊，小文坐在後座。一路上，張維傑斷斷續續地訴說著這次事件發展的詭譎變化，不住地嘆息著。

車子一上高速公路，竟然罩著一層稀薄的霧，使整個周遭的景物，彷彿蒙上一襲輕薄的紗帳。車子過了桃園，霧就開始逐漸消失。一大片湛藍的天空，也在急馳的車子的窗外，漸漸地清晰起來。三人都沉默地坐著。在變換車道的時候，張維傑不經意地從鏡子中看見把臉貼著車窗，熱心地注視著窗外的小文。

「在想什麼呀，小文？」

他問。

他在鏡中看見小文對著自己的背影，柔和地笑了起來。

「並沒想什麼。」她說。

他忽然悲傷起來。

「這次，我也是受害的一人──我的信心受了傷害，」沉默了一會，他說：「可是，你們也因相信我，連帶地也受了害。」

他從鏡中看見小文專注地傾聽著，想起哭腫了眼睛，喊啞了嗓子的那天的小文。

「不過，只有一件事，要小文繼續相信我，」他說：「在文學上，繼續努力。我等著你寫出眞正的、人的心聲。只這件事，請你相信我，好嗎？」

小文移目於窗外，沉思著。

「實在說，我方才一直在看著那些白雲。看著他們那麼快樂、那麼和平、那麼友愛地，一起在天上慢慢地漂流、互相輕輕地挽著、抱著。想著如果他們俯視著地上的我們，多麼難爲情。」她說。

張維傑抬頭看著窗外。一片難得的湛藍的天空，在挨著地面的地方，有三、五朵互相輕輕地纏綣著的、雪白的雲，在極爲緩慢地游移著。

「像這樣的天、這樣的雲，和這樣的心，如何去寫呢？」她獨語似地說，「不，我寫不來的。」

這以後，一直到抵達臺北，張維傑不發一語。三個人便一直沉默地飛馳在高速公路上。

張維傑把何春燕和小文請到會客室，去敲艾森斯坦先生的門。

「Yes，」艾森斯坦在門內說。

他走了進去，說明來意。

「Victor，帶他們去見宋。我語言不通，再說，有一通東京的電話，馬上要接過來。」

他返身就要走。

「等一等，Victor。」艾森斯坦先生說：「我明白你的心情。我等你來這兒談談。」

他把何春燕、小文帶著，走進宋老闆的門。

他冷眼看著宋老闆的一言一行。他不能不對他熟練的虛僞，感到折服。把他們一直送下電梯，才回到艾森斯坦先生的房間。

「這是麥伯里打來的電報，」艾森斯坦先生把一張電報拿在手上揚了揚：「宋去告了一狀，哈，」他冷笑起來，「二十五日那天，麥伯里把電報直接打到我家——不是打到公司，Victor，要我立即停止投票。」

他沒有說話。

「我跟宋是沒完的，Victor，這下流的老頭。」艾森斯坦先生說：「麥伯里聽他的話，打一封長電報數落我一頓。」

艾森斯坦先生走近窗子，瞭望窗外。白花花的陽光，直照著外面高高低低的大樓和巨廈，看來像是筆觸明快的波普畫。

「不過，麥伯里有一句話，說對了，我想，」艾森斯坦先生說：「對於企業經營者來說，企業的安全和利益，重於人權上的考慮。他說的。」

張維傑抬起頭，看著艾森斯坦先生的背影。

「試著了解我的處境吧，Victor，」艾森斯坦先生轉過身來，用那一對漂亮的大眼睛注視著他。

他笑笑，站了起來。

他回到自己的辦公室，左摸摸、右弄弄，總覺得不對頭。「企業的安全和利益，重於人權上的考慮」——艾森斯坦先生的聲音，像一口難以咀嚼和下嚥的食物，在他的空疏的腦中，左擺、右擺、橫放、豎放，都擺佈不好。他突然覺得疲倦、眩暈了，他靠著椅背，想閉閉眼睛。

突然間，一陣翻胃，他衝到洗手間，哇、哇地吐了一地。

從洗手間回來，他抓起一張白紙，用鉛筆寫了一封短短的辭呈。他的辭職的理由是因爲「病得厲害」，卻料想著艾森斯坦先生應當看出very sick的另一個含意：「噁心至極」。

他把信留在書桌上，兀自走了。

他走下電梯，搶著穿過目中沒有斑馬線的、不斷急馳著的車子的馬路，無意間回身，看見那華盛頓大樓依然巍巍地、冷峻地、訕笑似地盤踞在那裡。

他站著看了一會，便轉身慢慢地漸走漸遠了。

8　倘若你今晚有空

離開麥迪遜以後，張維傑回到那沒落了的礦山區的老家。一貫不苟言笑、一貫擺著冷峻的臉的他的父親，卻頗不諒解。

「你爸說：在美國仔公司，好好的，爲什麼不做了。」母親說。有著一張圓圓的臉的母親，從他小時到大一直是他和父親之間的傳話人。她說：「你爸說：讀書讀多了，反而沒路用。種田，會嗎？在美國仔公司，好好的，也不做。你爸說了：都快三十了，也不娶個老婆，難道還回去教死書呀？這是你爸說的。」

原想回來休息一陣，讓疲倦的心安靜下來的，卻不料並不如意。於是有一天，他從午睡的床爬起來，把回家以後一直不曾刮過的鬍子，剃個乾淨，把他的母親偷偷地拿出來的三萬元私蓄，湊成八萬，離開了家，跑到這裡來搞起貿易，一晃，也竟兩年了。

這八萬元，雖然在極力儉省的開銷中，仍然十分快速地融化下去。就在只剩八、九千元的時候，從韓國來了一筆小小的生意。就這樣，他的生活，成了無日無夜的奔波、焦慮、和「啊，要是這一筆能做成……」的苦痛的盼望的永無止息的輪迴。麥迪遜、小文、何春燕、趙公子、素菊……這些，在商場中死命地求取生存、稍能生存之後又死命地求取發展，把一筆生意在小小的袖珍電算機上敲了又敲，算了又算的生活中，逐漸淡忘了。

如今，在讀過這三本小文的日記之後，卻無端地聽見他那原已彷彿枯萎了的心的孱弱的呻吟了。

他突然覺得，自以爲很辛苦地工作著的這兩年來的生活，其實是懶惰的生活。只讓這個迅速轉動的逐利的世界捶打、撕裂、剉削，而懶於認眞尋求自己的生活……

懷著這樣的沮喪的心，他隨手拿起福島的信，不知不覺地一邊抽著菸，一邊重讀了一次。看看錶，是凌晨的二時。他想了一下，抓起鉛筆，寫下一封英文回信的草稿：

福島定一

開發部部長

安藤商事株式會社

一〇一東京都千代田區一橋七一七一一，日本。

主旨：壓克力板信用狀……

……

他的信中嚴厲地指責對方屢次不守來臺採購時口頭上的協定，每次有意利用強勢商業地位，壓低代理人應得利益之不當。他並且把信用狀退回，要求一切按照對方來臺時的口頭協定重開，否則拒絕受理代理工作，以後並拒絕來往。

在信稿的末尾，他不明所以，卻以安靜的心情寫著：

Lily：

我昨日晚睡，今早怕要來遲一點。麻煩你把這封信打好寄出去。謝謝。

倘若你今晚有空，我想請你到臺北吃飯。

非常希望你答應。如果不放心把丫丫放在家裡，也把她帶來。

V.C.

他挑了一隻紅原子筆，把這一部分框了三個框框，對著自己溫暖地微笑起來。

他鎖上門，走了出去。天上是稀稀落落的星星，在夏夜中溫柔地眨著眼睛。

「這兩年來，爲什麼我只是把她當做效率很高的打字、打雜的機器……」

他對自己皺著眉，搖搖頭，輕輕地喟歎起來。

——一九八〇年八月《臺灣文藝》六十八期

萬商帝君

——華盛頓大樓之四

1 凡勞苦背重擔的人……

「Meeting adjourned。謝謝大家。」

劉福金說，他用左手搓揉右手上的粉筆灰。財務部的小林和業務部北區主任小趙，走向講台找劉福金問問題。大部分的人收拾筆記本和講義，陸續離開了會議室。家電產品部的Bobbie盧，把眼前茶杯中剩下來的淡茶一口氣喝完，摸起一支長壽，點上火。他用他的大手一把將講義全攬在腰間，一邊噴著煙，一邊自言自語地說：

「香港的，很會蓋啊。」

業務部的陳家齊經理，回過頭來看了Bobbie一眼，沉默地走了。看著陳經理壯碩的身材消失在會議室的門口，Bobbie一個人輕聲笑了起來，露出兩隻銀牙。「是會蓋呀，人家。」他吃吃地笑著，忽然看見安靜地坐在角落的林德旺。「他不服氣？不服氣的人可多了。可人家是有兩把刷子咧。」

林德旺沒說話，慢條斯理地把筆記本、講義和練習簿攏在一塊。Bobbie盧吹著口哨走出去以後，整個會議室就剩下他一個人。他望著黑板，除了劉福金在上課前寫的幾個大字：M. B. O.：-Management By Objective，其他的字都被黑板擦潦草地擦去一大半，會議室裡全是凝聚不散的菸味，冷氣兀自颯颯地吹著。

林德旺把鼻子輕輕地抵著自己合了十的雙手，自言自語地說：

「香港的，會蓋。」他抬起頭來，默默地看著黑板。「M. B. O.……會蓋，有什麼用？」

他站了起來。

「有什麼用？哼！全是紙上談兵！」

他被他自己大聲的獨語嚇了一跳。他用雙手摀著嘴，兩隻眼睛慌忙地看著會議室門口。他若有所思似地，收起桌上的東西，匆匆走出會議室。

「沒有用啦……全是紙上談兵……」他在肚子裡對自個兒說：「紙上談兵啊。陳經理說的。M. B. O.……」

第一個爲劉福金取「香港」這個外號的，是陳家齊。劉福金的英文名字是King H. K. Lau。一切傳閱於經理間的文件上，H. K.就代表劉福金。陳經理說：

「劉福金，爲什麼英文拼起來是H. K. Lau呢？」

在美國波士頓的總公司，今年三月間下達了一個政策指示，說是往後各國分公司的人事品質應該加以管理。「儘量以受過各項專業教育的人爲今後各分公司人事資格的首要考慮，」文件上寫道，「尤其是企管碩士（MBA）的需要性，更爲緊迫。」

劉福金便是這個新人事政策的產物，由於他具有土產企管碩士的學歷，而且曾經在一家著名的美國藥廠有過三年企劃部副理的工作資歷，終於透過公開徵選，取得了臺灣莫飛穆國際公司（Moffitt & Moore International, Taiwan, Inc.）企劃部經理的職位。

不必等到劉福金考進來，光就剛剛出缺的Marketing Manager要通過向外徵才——

——而不是名正言順、水到渠成地把坐在業務經理室足有五年，而且爲公司達成顯著業務成長的陳家齊升上去，早就是對陳家齊一記意外而且沉悶的打擊了。

可陳家齊是條漢子。林德旺看得眞，陳經理依舊是那張臉：平頭、黑臉、厚厚的嘴唇閉得老緊，每天早上依舊是準八點把車子開進華盛頓大樓的地下停車間，沒等一樓的鐵門兒打開，就直接從停車地下間坐電梯直上七樓。等到整個營業部的人全來了，陳家齊早已潛心工作了一個小時。下班就似乎素來與他無關似的，下午五點二十分左右，整個公司都在爲下班悄悄地收拾著。獨有陳家齊的大辦公桌上，還是堆滿了工作。

劉福金來報到那一天，總經理哈瑞・布契曼（Harry J. Buchmann）先生親自帶他來介紹給陳家齊。

「C. C., meet our new Marketing Manager, H. K. Lau.」

C.C.，見過我們新來的行銷經理 H.K.，布契曼先生說。陳家齊筆直地望著劉福金，握住劉福金出奇地柔弱的手。布契曼先生一直述說著陳家齊怎樣地是一個公司的珍寶，怎樣地使公司的業務保持平均十五到二十個「波仙」的成長率，但陳家齊卻全聽不眞切。那時，在他的心中，只反反覆覆地嘀咕著一句類似這樣的話：「H. K.？

H. K. 不是香港嗎？」他於焉笑了起來。他用英文禮貌地說：

「歡迎你參加我們的行列。」

哈瑞・布契曼先生看來興致很高。在他優雅的金絲眼鏡後面的一雙灰色的大眼，閃爍著愉快的光芒。他們臨走開時，布契曼先生對劉福金說：

「Your'll get to know him, H. K., He's terrific.」

你就會認識他的，H. K.，他真行，布契曼先生說。陳家齊坐下來，摸出一支KENT，點上火。他有些洩氣，有些迷茫。瞧他一張嫩臉啊，他想，一副沒下過市場，光會唸書、考試的嫩模樣。長頭髮蓋著耳朵，那德性！單眼皮的眼睛，往左右上方微微地斜著開在他微黃的臉上。中等個子，黑玳瑁框眼鏡，臉算是長的罷，衣服倒是穿得挺正的。都一樣，他們這種料，除了會穿衣服——從襯衫、領帶，一直到西裝、鞋子……他們還會什麼？

林德旺細心地看著陳經理，連一點點細節也不放過。他看見陳經理左手挾著菸，右手忙碌地在電算機上敲。他還是他啊，林德旺想，紋風不動，根本沒有把這姓劉的放在眼裡。可惜的是：陳經理沒有看到我不甩他的樣子，他想。當布契曼先生和劉福金從陳家齊的辦公室出來，林德旺的眼角，就感覺到他倆往他這邊走來的影子。他站起來，望著布契曼先生，堆出一個大約應該看來蠻和善的笑臉。

「This's John Lin, our Custom Coordinator...」

這是John林，海關事務聯繫員……他只隨便握個手。那簡直也不是握手呢，陳經理，他熱切地在心裡頭說。我只是捏捏，這樣子地捏捏……他對自己說，「您好！」他用手在空氣中捏了捏，輕輕地上下擺了擺，然後獨自摀著嘴，笑了起來。

就是可惜陳經理沒有看見這，林德旺懊惱地想。我不會的，他跟自己說：我不會氣浮心躁。你考驗我好了，陳經理，我是你的人……

「John！」

「噢！」林德旺大夢初醒一般，猛地抬起頭來。

他看見Lingo站在他的桌前，冷冷地看著他。

「方才海關打電話來，」Lingo說，「說IPW 77. 79. 82，還有OTM112、121……可以去結關了。」

「噢，」林德旺說。

進出口部的Lingo恁意在林德旺的桌上拿起一包長壽，抽出一根菸，叼上他那薄薄的嘴角，點上火。

「×你娘哩，林仔德旺，」Lingo說。叼著的一根菸，在他的嘴角一上一下地點頭兒。人都說他像老早以前義大利出品的西部武打片裡那個「林戈」，瘦削的臉，濃密的眉，一腮幫密麻麻的鬍渣子。「你要死囉，」洋名兒Lingo的林啓堂輕聲說，「一個人比比劃劃，一個人嘟嘟嘟說話，哈！」

「哪有？」林德旺說。

「哈，×你娘哩，你神經病啦你！」Lingo說。

「哪有，我哪有！」林德旺說。

「就是明天早上，你去結關哦，把東西全領出來，知道嗎？」Lingo說，「待會兒，你就把那些Cat. file全拿來。」

「哦。」林德旺說，「IPW，IPW……」

「IPW77、79、82……」

Lingo用單調的聲音說著，讓林德旺抄在紙頭上。香菸拖著灰白的菸灰，在他的嘴角一上一下地跳動，而後他走了。

林德旺看著林啓堂走開。

——反正，總是要不斷地出情況給我就是。

他快快地想著，站起來走到型錄檔案室，把 Lingo 要的，全找了出來。

──反正，他們就是要這樣，慢慢整你，折磨你。

他獨自說：

──考驗我的忠誠嘛，陳經理……

在幽暗的檔案室裡，他流淚了。

然而，劉福金這「香港的」，接下企劃部，竟而眞是不顯不籤的。開過幾次聯繫會議，機械部、紡織部、化工部，一般都還服氣。連著說他「沒什麼」的人，固然不少。但一般地看來，大約還同意這劉福金說的、討論的，還算是內行人的嘴裡出來的話。

劉福金的名片印出來以後，在一次訓練會中發給了大家。

「King H. K. Lau，」有人唸著，覺得疑惑。

「用臺灣話唸，我的名字是：Lau Hokk Kim……」劉福金笑著說。

「啊！是臺灣話啦。」

「是啊。」H. K. 笑了起來。

「我想咧，爲什麼劉變成 Lau，原是這樣。」

「我們是臺灣人嘛。」H. K. 笑著說：「用父母音讀自己的名字……」

「哦哦。」

坐在對角的陳家齊，在人都不曾注意的時候，儆醒地抬起頭來，吃驚地凝望著劉福金。奇喲，這是什麼意思啊，他茫漠地想：臺灣人……

他冷靜地看著劉福金走向講台。一個星期以來，每個星期三、五，臺灣莫飛穆國際公司的各部經理，都得提早一個小時到公司上 H. K. 的課。這是哈瑞·布契曼先生規定下來的。公文一下來，一時怨聲載道。

「光會吠聲，有什麼用？要能咬架，才是本事。」

「生意這麼緊張，浪費時間上課做什麼！」

大約就是這一類的埋怨。

然則，第一堂下來，埋怨的人少了一大截。哈瑞·布契曼先生做了三十分鐘的開場講話，頭一次闡釋了老是跟在各種文件上公司全名 Moffitt & Moore International 底下的一行英文字：The World Shopping Center 這一行英文當然好懂。但也在布契曼先生做了一番解釋之後，大家才知道，原以爲懂得的，卻一直不曾明白過。「像莫飛穆國際公司這樣一個多國籍企業，是人類有史以來，頭一次有能力藉著現代組織、科技、資金和理念，把這人類所居的地球，當做一個整體，加以管理、經營，並且卓然有成的機構。」布契曼先生說道。他接著說，由於生產技術的飛躍發展，而這生產技術因生產的多國籍化，使「增進人類福祉與世界和平」的現代科技及其結果，遍佈到全球每一個角落，完成了經過縝密經營管理的全球性勞力的分工。此外，跨國企業，感謝傑出的世界銀行團和各當地銀行的支持，使貨幣資金的國際交流成爲可能。「最後，我們也藉重全球性現代傳播科技的發展，使我們不但能夠對新的顧客賣老產品──例如把過時、過樣的車子和電化產品，賣給第三世界；也能對老顧客賣新東西，例如把最新研究發展的昂貴結晶，賣到第一世界。」布契曼先生激動地說，「先生們，我們賣的不只是各種產品。更重要的，我們賣的是一種理念、一種文化。進步的、合理的、舒適的、享受人生的理念和文化！」而莫飛穆國際公司，這個已有二十五年歷史的國際性大貿易公司，便是在戰後超國界、超種族的企業基磐上，「把世界當做我們經營管理的地理範圍；把海洋當做湖泊；把各別陸洲當做市內的分區；把各民族人民當做零售顧客；把各世界大公司當做我們的中盤和零售商──這樣一個『採購中心』。先生們，我們是World Shopping Center！」

布契曼先生接著又說，每一個臺灣莫飛穆國際公司的管理幹部，從現在開始，應該成爲一個世界的管理者（Global Manager），這就非講究管理技術與知識不可了。由H. K. 開始的這個比較簡單的訓練會，只是一個開始。「在波斯頓的總公司，正在進行著一個整體的計劃，要有計劃地整訓我們在全世界二十四個國家駐在的八十二個分支機構中的中級以上管理幹部，」布契曼先生微笑著說，「更令我們興奮的是，先生們，這個莫飛穆國際公司的全球性管理訓練會議，已經決定在臺灣舉行！」在一片掌聲中，布契曼先生微笑地環顧會議室。

剩下來的半個小時，便由劉福金從「管理和管理者」（Management and Manager）開始了第一課。下課以後，一般覺得條理固然淸楚，資料也算豐富。但也有人以爲所說「全是教科書上的東西」，或者說「他提到的 Peter Drucker 那本書，其實我老早也讀過」。但歸結起來，許多以自己有堅固的實務體驗自詡的臺灣莫飛穆國際公司各級經理們原先對這個「訓練會」的敵意，以及對於竟然由乍來新到的「香港的」當講師所引起的不滿，在布契曼先生的一席話中，全部消解了。以「世界的管理者」自許的興奮和嚴肅的責任感和自我期許，逐漸瀰漫在臺灣莫飛穆國際公司的每一個經理室中。

林德旺回到他的座位，一眼看見陳經理在他的辦公室裡和兩個銷售工程師在談話。他坐了下來，漫不經心地翻開筆記。除今天上課的題目M. B. O.-Management By Objective之外，他一個字也沒寫上。

上管理訓練課，林德旺當然並不曾被列入公司指定去上課的幾個經理的名單之中，因爲他只是個海關事務課的聯繫員，在職務上，還鬆懈地歸林啓堂——Lingo管的。第一天上課，他不知道。那天早上十點多鐘，他從海關回來，聽見幾個小經理談論著訓練會，心裡便已覺得又慌、又悶。他忙著整理從海關帶回來的報表，但實際上，只要有誰在談早上的訓練會，他的耳朵就立刻向著誰豎立起來。他逐漸知道，幾個大經理之外，連Bobbie盧、Lingo林這些貨，全參加了。他覺得很羞恥，很懊惱。他甚至覺得全公司的人都在嘲笑他，即使在電梯裡和公司的小妹相遇，他也要花很大的氣力才裝得出一副滿不在乎的樣子。三專畢業以後，他去內壢服役。兩個月後，連上派他去受訓，三個月後回到部隊，他升上士。陳經理應該圈他參加管理訓練會的，他痛苦地想。經理。他多麼想當一個經理。陳經理明明知道，我忠心、可靠，他躲在型錄檔案室裡，摸著那些發霉的檔案，苦苦地想：陳經理看得見我任勞任怨，對不對？我已經好幾次暗示過他，我是他最忠誠的人，我是他派下唯一的秘密的幹員啊。

——其實，他也好幾次暗示過我：要升，要升。升，升！

他在陰暗的檔案室裡獨自說。就是上一個月，他擬寫了一份報告，建議陳經理改進海關業務，要特別設立一個海關事務部，專設一個經理，再請一個辦事員，一個秘書。秘書呢，最好由辦公室的Rita來擔任……他花了好幾天在家裡用七張十行紙把報告抄好。他原想請Rita翻成英文，用她那一架漂亮的IBM打好。可是他就是鼓不起勇氣。把報告壓在抽屜裡一個多月，才趁著陳經理到總經理室開會時，拿出來擺到陳經理的桌子上。他然後提著公事包，一溜煙到海關去辦事。辦完事，回到華盛頓大樓的樓下，逡巡猶豫了一番，始終鼓不起勇氣回七樓的公司去。他終於向樓下的大樓管理員買了一包香菸，走了出去，繞過兩棟大樓，找到一家「蜜蜂咖啡」打了半天的小蜜蜂。

回到辦公室，陳經理即刻招他到他的辦公室。

「你搞什麼鬼呀？」陳經理說。

「沒有哇。」他一臉的無辜，笑著說。

陳經理的眉頭爲怒意打著結，端詳著他那一張尖削、蒼黃的臉。

「生病了？」

林德旺差一點掉淚了。他努力地把一時湧上來的悲哀吞下他那瘦小的肚子。他低下頭，拚命搖著頭。

「有病就去看病！找Rita要勞保單不會嗎？」陳經理皺著眉頭說。

「我沒有病。」他微笑著說，「謝謝您，陳經理。」

「沒有病就好好工作！」陳經理怒聲說，「不要整天像個遊魂！」

林德旺望著他，心裡想，他說什麼呀，怎麼我全聽不懂。哦，是關於那個「香港的」嗎？呔！「香港的」有什麼，值得您陳經理這樣生氣。他想著。

「去年老金把你調到業務部來，說你人老實，賣力氣，」陳經理匆匆的點上菸，「可是他說你有些糊塗……工作上，有困難嗎？」

「沒有。」他依然微笑著說，「並沒有。」

工作上有什麼難？海關的事，我用膝蓋頭去辦就成了，林德旺想著。

「沒有！」陳經理生氣地把他花了好大心血才寫成的報告丟到字紙簍裡，「以後，你給我省省，省省！」

他依舊微笑著，溫和地看著陳經理的一張「國」字型的臉。他然後起身，鞠躬，走出陳經理的辦公室。

「莫名其妙！」

他聽見陳經理在背後嘟噥著：

「莫名其妙！寫的些什麼鬼名堂，全看不懂。」

他回到坐位上。Rita把打好的海關報表送來給他。

「怎麼了？」Rita小聲問他。

「沒什麼。」林德旺說。

他彷彿開始專心地檢查Rita打好的報表。在五、六張報表底下，Rita又夾了一張福音單張。「凡勞苦背重擔的人，到我這裡來……」他把單張抽出來，收在右首第一個抽屜裡。他把所有Rita送給他的福音單張都整齊地收在那兒。Rita是業務部陳經理的秘書。但她和全公司的秘書不一樣。她從來不打扮，從來不搔首弄姿，嗲聲嗲氣地說話。三十出頭，人卻都稱她爲「奧巴桑」。她爲人謙和，工作努力，整天跟著幾近於工作偏執狂的陳經理打轉。可她再忙，總是不忘找機會把福音單張送給她覺得急切需要送的人。「凡勞苦背重擔的人……」林德旺想著，就是孟子說的，「天將降大任於斯人也」的那種人罷。「必先勞其筋骨，苦其心志」啊。但是，方才陳經理的話，一直在他的機敏的腦袋裡轟轟地響著。「你給我省省！省省！」

——省省，省省！

他把 **Rita** 打好的文件裝進公事包裡，想著：

——其實，「省」，就是「升」。升升。升！升！他的意思，就是要升我。升我做經理啊！

他感激得想哭。陳經理那麼生氣，其實，他想：其實是一種掩護。他確實相信，陳經理已經和財務部的老金，人稱「財神」的，配合好了，要一舉推翻「香港的」一派，林德旺出神地想：他對我生氣，就暗示他已經把我算在他的一派。由於目前時機尚未成熟，故意用表面的敵意來保護我哩。林德旺嚴肅地想著。

他開始快樂起來。等到第二次管理訓練會，他就按照他自己苦思後擬定的計劃去做了。先是幫小妹把十幾杯的茶端進會議室。每個人都詫異地向他連聲道謝。他微笑著，看見總經理布契曼先生並不在，然後他就拿著自己的筆記本，找到一個角落，大模大樣地坐下來。有幾個人回頭看他。他卻滿不在乎地望著黑板，細心地抄筆記。

現在他坐在位子上，看著剛上課回來的筆記本上幾個斗大的英文字：M. B. O.。

在三專的時代，他的筆記寫得最好。每次臨到考試，都被借去影印。他後來索性自己去印，裝訂成册，一本一百元的賣，也因此得了「出版社」的諢名。在許多整日花錢荒嬉的同學中，他的好成績和他的「出版」一樣受到某種尊重。三專畢業，當完兵，他就自己找工作，到幾家小貿易公司當外務。他讀破了幾本類似《青年成功要訣》、《青年創業十講》之類的書。就在幹外務的時候，知道有一家國際性大貿易公司「臺灣莫飛穆」。他先是考到金先生的財務部當辦事員。金先生說他憨厚老實。直到有一次，林德旺自動在星期天到公司加班，撞見老金和布契曼先生的大秘書Lolitta躲在會客室，衣衫不整、狼狽不堪，才被金先生調到業務部。那時候，林德旺眞怕，恨不得自己瞎掉眼睛，什麼都不曾看見。他駭怕當時自己見了鬼一般掉頭就跑的樣子；擔心被金先生革職，整夜都夢見Lolitta把胸衣扯在一邊，露出肥碩的乳房。待他醒來，發現自己流了一枕頭的唾涎，滿身的冷汗。打第二天起，林德旺的一雙眼睛沒來由地痛了好幾天，天天駭怕金先生下條子請他走路。一直到月底發餉，他急忙拿著薪水袋躲到廁所，看看裡面並沒有停職的通知，才放下一顆忐忑的心。如果要他離開臺灣莫飛穆，他寧願一頭從七樓栽下這宮殿一般巍峨的華盛頓大樓。冷氣、地毯，漂亮的辦公桌椅，漂亮的人們……這全是「成功」和「出世」的象徵啊。他躲在廁所裡，一個人流淚，一個人安慰自己，一個人笑。他下定決心成功。離開臺灣莫飛穆，他再也沒有更好的機會和鄉下的父母那種粗鄙、辛苦的生活一刀切個兩斷。

調到業務部以後，一切似乎都很好。林德旺賣力工作，把金先生那件事真真實實地忘個精光。碰見金先生，他會誠懇地說：「金先生好。」碰見Lolitta，他也會堆著無邪的笑容說：「趙小姐好。」反正，金先生，趙小姐，他逐漸明白，和陳經理是一夥的，他想。至於陳經理沒有升到企劃部，應該也沒什麼。考驗嘛，他想，布契曼在考驗陳經理，就好比陳經理考驗我。劉福金，那個「香港的」，只不過是一道測驗題，陳經理您可要答得好哦。等考過了，「香港的」還不是一腳被踢一邊兒涼快去！

有了這新的領悟，他今早上課時就開始不記筆記。他可看得眞切，全場都在記筆記，有的每個字都記，有的用英文記大綱大領，唯獨陳經理，他不記。他只是望著會議室上一個菲律賓黑木彫刻，一邊聽，一邊噴煙。「全是紙上談兵！」業務部北區主任小趙，曾經學陳經理這樣批評「香港的」。可是小趙不聰明，他把劉福金當做大教授，下課問問題，每次講完一個段落做小測驗，小趙總是成績最好的一個，還給劉福金取了個外號：「管理教授」，也不知道他是罵人還是捧人。

「其實呢，M. B. O. 這三個字母，就揭穿了『香港的』陰謀，」林德旺喃喃地說：「O是什麼？O，就是組織：Organization。『香港的』在搞組織。Organization！這還不明白？哼！」

這一點，他可一定要告訴陳經理。他抬頭望著陳經理的辦公室。陳經理在他的大椅子上輕輕地左右旋轉，一邊跟電話嘰嘰呱呱地講英語。國外電話！希望他不要太大意，把他反撲劉福金的秘密講出去才好，林德旺想著：他知道的！他怎麼不知道？那「香港的」搞什麼把戲，能逃過陳經理的眼睛嗎？他於是又高興了起來，遠遠地對著陳經理迅速地做了某一個手勢，表示他完全在情況裡頭。他拎起公事包，走到Rita的桌旁。

「Rita，」他說。

「嗯。」

她停下說不上來有多迅速地在打字機上馳騁的她的雙手，抬頭望著林德旺。她看見一張白裡泛黃的、尖削的臉，和一雙閃爍著莫名的快樂的眼睛。

「Rita，我去海關哦，」林德旺說。

「嗯。」

她說。她看見林德旺白色的襯衫領子，有些黑黃了。一條藍條子領帶，也有些骯髒。一年到頭，John總是白長袖襯衫，藍的或者赭紅的領帶，鐵灰色的長褲。夏天裡。他把袖口捲起三分之一，冬天裡，他規規矩矩地扣著長袖口，穿著一件也是鐵灰的西裝。

「Rita，」他說，「陳經理問起來，說我去辦事。」

「嗯。」

「還有，Rita，」他說：「凡是勞苦背重擔的人……我要得救了。」

「感謝主！」

Rita的眼睛亮了起來。奇妙的救恩！她目送著林德旺像個乖順的小孩般走出辦公室。全辦公室，大約只有Rita以她的基督徒的慈愛和一顆慈母的心腸，不明所以，卻確然地感覺到林德旺內心深處隱藏著不可言說的悲傷、重壓和傷害——奇妙的救恩……

她想著，纔又滴滴答答地打起字來。那聲音，就好像夏天的驟雨，猛烈地打在舊時木頭的屋簷上一般……

2 ROLANTO

臺灣莫飛穆內部的管理訓練會議，從頭到尾整整搞了一個多月，一共是十個鐘頭。在這段時間裡，劉福金在臺灣莫飛穆管理者同僚中，很快地建立了一定的威信。一般地說來，年輕的經理、主任，比較能夠完全接受他。十個鐘頭中，列出來的管理課程，是十分動人的。例如管理計劃的構成；組織和任用；管理中的領導；目標管理；時間管理；銷售計劃的構成……等等，對許多工科畢業的經理們來說，聽起來很「科學」，很合乎科技的合理性。其實，對於他們，管理技術最令人陶醉的，還不全是它的合理主義，而是在於它像是一個新時代的宮殿中的禮儀。學習了這些儀節，年輕的經理，像新時代的貴族，可以進入這個新時代的宮殿，並且一級一級拾級而上，通往布契曼先生所說「世界管理者」的寶座。

對於壯年代的管理者，至少在公開的場合，對於「香港的」所介紹的課程，總是微妙地不贊一詞。理由是，自己十多年來從銷售實務實際上打著滾坐上管理者的位置，身經百戰，什麼情況都見過，什麼問題都解決過，覺得管理工作，實在不是嘴皮說的那麼輕鬆。有少數一些壯年經理，願意承認劉福金把管理實務，做了一番整理。「我的理解，是從實務體驗來的。看他在市場上還嫩得很，不曉得他是不是眞的懂得他所講的那些話哩。」機械部的蔡工程師說著，就咯咯地笑個不停。但是，不論如何，劉福金有了另一個諢名兒：「管理教授」。人前人後，「管理教授」逐漸取代了他的另外一個雅號——「香港的」。當然，一樣叫他「管理教授」，卻表現著稱呼者友善、尊敬，以至於揶揄甚至妒忌等各種不同的心理罷。

就這樣，臺灣莫飛穆國際公司的經理層，自然地、微妙地、隱約地分成了兩派。一派是以「管理教授」爲中心的少壯一派，年齡上多在卅五歲以下的年輕經理和主任。另外，則是以業務部陳家齊爲中心的一派，以公司資深經理爲中心。有人因爲陳家齊的英文名字是C. C. Chen，戲稱「三C派」。

其實，仔細研究這兩個「派系」，就知道它們都是十分鬆散——鬆散得叫人懷疑是否可以稱得上那種嚴重到只能以耳語來談論的那種「派系」。因爲，雖說年齡是兩派間最顯著的差別，但，三十五歲以下的經理，未必全是擁護「管理教授」的一派，例如Bobbie盧就是個例子。「三C」一派，基本上全是資深經理，大多是從基層「捋」出來的幹部，雖然沒有「理論」，但實踐上累積了許多具體體驗，對實務上火候不到的年輕經理，有自來的輕視。但即使這樣，也有例外。財務部的老金，十多年前從美軍軍官俱樂部的會計部門退下來，就到臺灣莫飛穆掌財政，不黨不羣，仔細把飯碗看得好好的，工作之外的事，就憑著他的本事，自求逍遙。

只有幾個政治上敏感的經理，才知道「管理教授」劉福金和「三C派」教頭陳家齊之間，在一個題目上，存在著十分緊張的對立。

起先，人覺得劉福金用臺語語音把自己的名字拼成 **Hokk Kim** 而不是 **Fu Chin**，覺得新鮮。但不要太久，政治上敏感的人，就發覺劉福金新鮮的還不只這一端。因爲上管理課的時候，劉福金眞有那麼點「教授」之風，因此有許多年輕的經理像學生問老師一樣，喜歡在中午一塊吃飯或者其他場合，找他談問題。結果，話就傳了出來，說「管理教授」認爲臺灣人不是中國人，而是山地人（更正確地引用他的話，是「馬來·波里尼西亞」人）和荷蘭人的混血人種；說臺灣人，經過幾百年社會的、文化的變遷，早已形成了一個新的民族；說是他認爲臺灣話就是臺灣話，和中國的閩南話已有這樣那樣的不同；說他認爲臺灣有獨特的文化和社會，已經使她完全和大陸中國斷絕了關係；說是他認爲黨外運動就是「臺灣人」尋求新的「自我認同」的運動，因此對於當時一個女性「臺灣人」黨外，和一個男性「中國人」黨外候選人聯合競選公職，大大地不以爲然。因爲在他以爲：那個「中國人」候選人，其實是一個「大漢沙文主義者」，是一個「併吞派」哩！

此外，「管理教授」對時事的見解，也有獨到之處。例如說：美國保護臺灣，主要是保護「臺灣人」。美國對臺軍售拖拖拉拉，其實不是受到「共匪的牽制」，而是不讓臺灣人在武器的威脅下「人權受到蹂躪」，云云。總之，美國人特別疼「臺灣人」。在美國人眼中「臺灣人」「中國人」並不一樣！

「管理教授」爲人倒是磊落。口無遮攔的結果，他的政治見解，早已不是什麼秘密了。信服他的見解的人是有的。這又因爲年齡而有不同的態度。年少氣盛的人，喜歡一有機會就找他談論。年紀大一些的，會說：「畢竟是嘴上無毛呢！像這種聾聾、好啼的，總是做不了什麼事的；都註定要先死的，看著好了！」從而雖然想法相同，卻反而不肯同他相與。

最早警覺到劉福金的「危險思想」的，是陳家齊。在本省人甚多於外省人的工作環境下，平時沒什麼，可一旦有人提起「中國人」、「臺灣人」的話題，上海籍的陳家齊，警覺的紅燈立刻就會亮了起來，而何況他又在一個在臺灣越來越少的傳統式中國家庭長大的孩子。陳家齊的父親，是一位退役的將軍。七十好幾了，身體、精神還好得很。他一貫以帶兵的方法帶兩個兒子，一個女兒。嚴厲、打罵，要求絕對服從不說，不管一個家隨著工作東南西北地調動，客廳中央，一定供著祖宗的牌位，要妻子兒女晨昏上香。到了過年，他老人家一定要戎裝整齊，率領家小向牌位跪拜。家裡有一本陳老先生親手修訂、抄寫過的族譜，要孩子從小背熟幾個重要祖宗的名字，例如慶恒公、侃徽公……之類的。陳家齊印象最深的是，小時做錯事，挨打之餘，還要向著據說是古代堯帝之後的祖宗長跪。

陳家齊長大了，在F大學化工系畢業，到美國去讀三年書，就遵從老父的命令回來「報效國家」。在洋公司做事算不算「報效國家」呢？這個問題，卻從來沒聽陳老先生發表過什麼意見。

讀的是科學，又到外頭見這點兒世面，陳家齊當然不至於像陳老先生那樣，在一些「原則」上頭固執得一點兒彎也不能拐。但，不論如何，劉福金的「臺灣人不是中國人」論，很深地激盪了他深在的宗族情感和愛國忠黨的心懷。

但是，陳家齊畢竟是一個在沉重的實務工作上鍛鍊出來的人。他正確地認識到：他在公司裡頭的力量，是將近八年來業務上的實力。他和許多其他部門的經理──絕大多數是「管理教授」所說的「臺灣人」──在一個接著一個工作挑戰中，同心協力把臺灣莫飛穆國際公司搞成今天每年營業額五億八千萬新臺幣的規模。洋老闆來來去去，也調輪了兩三個。可他們這些臺灣莫飛穆的中堅礎石，自成一個凝固的力量。他們吵過嘴，爭執過——不是爲了政治，而是爲了工作的方針和政策。他們可也同心合力克服過困難，佔領過一個又一個業務上的山頭。如果陳家齊得罪過什麼人，只有他手下遍佈全省的三十幾名業務代表。那是因爲他要求勤奮、忘我、一絲不苟的工作，和沉重到幾乎不可能達成的業績成長要求。但是，彷彿要懲罰他自己對部屬近於苛酷的工作要求似的，他自己是一個對工作具有近乎自虐狂的偏執的人——長年來幾乎沒有家庭和私人的生活，沒有任何國定假日。這一切，爲他帶來了大部分的畏懼，少部分的敬佩，卻沒有爲他帶來怨恨的敵人。

陳家齊估計過這些。更何況在留美期間，他還是某一個「反共同盟」的中堅分子，所以在政治上，他比管理教授老到得多了。在他看，像劉福金那樣的言論，在美國，他聽得太多了。於是，他依舊沉靜、勞苦地工作，依舊絕口不談政治。他知道他的實力絲毫不曾鬆動。「這兒畢竟是臺灣啊！」他冷冷地想：「劉福金這樣喳呼，總有一天倒霉的。」是以他小心、謹愼，當心不使自己同可以預測的劉福金的破滅，扯上任何關係。這，對他來說，是極爲重要的。對他，在臺灣莫飛穆國際公司的工作，早已不只是金錢和地位的獲得，而是對工作和成就——從臺灣伸向以全球爲舞台的工作和成就——的嗜狂。他是絕不讓任何事物、任何人破壞他與臺灣莫飛穆國際公司肉血相聯的關係的。陳家齊篤篤定定地工作著。他在工作上不住地挺進，以具體的業務成績向著「管理教授」的權威形成逼人的包圍態勢，直到有這樣一天，兩個陣壘就在一個營銷業務會議上開了火。

九點半才過，布契曼先生和他的秘書趙小姐走進會議室。

「Good morning！」布契曼先生心情愉快地說。

會議桌的一邊坐著劉福金、家電部經理 Bobbie 盧和兩個廣告公司的人。會議桌的另一邊，坐著陳家齊一個人。每個人跟前早已泡好了一大杯茶。

「要不要咖啡？」Lolitta 用她在臺北美國學校訓練出來的地道美國話問布契曼先生。

「好的，謝謝你。」布契曼先生說。

Yes, Thank you！陳家齊不知不覺地把這句英語寫在拍紙上，並且在它的上下左右，漫不經心地畫著花邊。臺灣莫飛穆國際公司，在臺灣設立十六個年頭裡，從來只是把北美洲和其他國家需要的臺灣產品賣出去；把臺灣所需要的美國、西歐的產品辦進來。但是這一次，臺灣莫飛穆頭一遭計劃從義大利進口一種牌名叫 Rolanto 的小型鐵板烤爐，準備在臺灣開拓市場。臺灣莫飛穆國際公司特別成立了行銷部門、招考了劉福金，中心的目的，也在於從 Rolanto 的市場開拓開始，使臺灣莫飛穆成爲不僅是單純的進口和出口商，而且要成爲適當的國際性商品在臺灣這個市場的經銷企業。

這兩天，陳家齊仔細地研究過劉福金爲了今天的會議所預先發出來的資料。Rolanto 其實是一個大約長四十公分寬二十五公分的電熱鐵板爐，可以調整三種不同的熱度。外國人用它來煎牛排、豬排，也可以用來煎些海鮮……劉福金雄心萬丈，想把 Rolanto 銷到臺灣廣泛的城市和鄉村的每一個角落。

「先生們，」布契曼先生說，「我們都讀過 H. K. 爲我們預備的材料。今天是我們有關 Rolanto 的第二級會議。在這個 phase II meeting 裡，我們將整個行銷計劃的初步概念，提出來聽取營業部門的意見。」布契曼先生說，H. K. 將仔細報告整個有關 Rolanto 在臺灣市場的行銷計劃，「從 H. K. 的整個行銷構想，一直到計劃的行動與策略，都應該經過業務部門的充分理解和檢討。」他說。

劉福金看起來緊張。這緊張卻是一種興奮的緊張；一種對於預期中的成就的緊張。他的單眼皮的，向著左右兩邊微微斜起的兩眼，閃爍著抑不住的興奮。他穿得格外整齊：淺藍色的襯衫，一條寬大的、暗紅色的領帶，一身上下，彷彿幾分鐘前才漿燙過似的。

「Good morning, gentlemen...」

劉福金開始了。他的英文並不算流利。他在許多可以理解的情況下，犯些也是很可以理解的文法錯誤。但是，一般而言，他的發音卻是準確的。特別是在臺灣的英文教育系統下讀「KK音標」出世的劉福金，有些地方，他的美腔美調，使得美國籍的布契曼先生也不禁莞爾。

「早安，先生們，」劉福金說。

他於是提起，早在「第一級」會議中，他就主張把Rolanto「向著廣泛的臺灣農村市場滲透」。「這個想法，連我自己也讓它嚇著了，」劉福金說。布契曼先生爲這句話，朗聲笑了起來。陳家齊這才抬起頭來，附和地，卻出奇地冷靜地微笑著。

「然後，我想了一下，對著自己說：O.K.，這絕對不是一個餿主意，」劉福金說，「It's not a lausy idea at all.」

劉福金說。根據許多評估的標準，臺灣的社會，已經是一個不折不扣的「大衆消費社會」。

「雖然，在理論上，大眾消費社會的登場，是和現代的大量生產相對應的。生產上還遙遙落後於西歐和日本這些富足社會的臺灣，卻在消費上，事實俱在地，進入了大眾消費社會。」劉福金說，「是的，先生們。從耐久性消費財——例如汽車、冰箱、電視等等的絕對性增加；人民對商品慾望的不斷增長；要更長期、更多量地擁有各種消費品這樣一種有增無已的展望；瞬間主義代替了對永恆事物和價值的追求，快樂、縱情主義取代了過去的禁慾主義和節制的道德……先生們，這些，都顯明可見地宣告了一個新時代——大眾消費時代——的來臨。」

以現代科技爲基礎的大量生產，是大眾消費社會的物質基礎，劉福金說，如果臺灣在現實上還沒有充分先進的工業，臺灣的大眾消費社會又是怎麼來的呢？對於這個問題，劉福金的理解是這樣的：

「首先，是工業生產的國際化。」劉福金說：「在多國籍公司的經營下，工業生產具備了國際性格。」劉福金說，把面孔轉向布契曼先生，「正如布契曼先生說，我們是在整個地球這樣一個視野下經營的。先進國看來似乎是『外國』的工業，在多國籍公司的仲介下，成爲落後、或者比較落後國家大眾消費社會的基礎。」

其次，據劉福金說，大衆消費社會先行於一定的科技和生產方式而登場於臺灣，是因爲大衆消費社會，是一個「觀念革命」的產物。

「消費，先生們，並不是依著人們自然的需要自然生成和發展的。」劉福金說：「在一個 Marketing 的時代，需要，是可以創造、可以操縱、可以管理（manage）的。」劉福金做了一個漂亮的手勢，適當地表現了他的興奮。他說，「對於現代企業、消費，即慾望的創造，是企業經由有計劃的革新以適應市場的結果……。」

把企業的產品迅速、廣泛地普及於社會大衆，必需通過企業有計劃、有組織、有行動地「開發」人對商品的慾望——這就是劉福金花了四十多分鐘時間神采飛揚地說明的一個著重點，他的美腔美調的英語，似乎越來越流利起來了。他說：

「這就是所謂『創造慾望』，」劉福金用英語說：「如果以我們那位偉大的管理科學家 Peter Drucker 的話來說，『創造顧客』，是企業活動的中心機能。而整個 Marketing 思想的展開，便從這個起點開始的。」

劉福金以一種精巧陰謀的設計者那種快樂的聲調說，要使每一個消費者成爲今日的國王。要動員一切資訊科學、心理學、行爲科學和社會學……藉著現代大衆傳播的各種技術知識，去開發人的七情六慾。「要解放人們的慾望，通過設計良好的企業行動，去開發人對於商品的無窮嗜慾。」劉福金說，「挑起慾望，驅使他們採取滿足慾望的行動——購買我們的產品。而且要在滿足了一個慾望的同時，又引起一個新的慾望……」

基於這樣的企業哲學，劉福金開展了他那把 Rolanto 小鐵板爐向「廣大的臺灣農村」推廣的計劃。據劉福金說，今天的臺灣農民很富裕。凡是買得起電視、電鍋、機車，甚至小貨車和小轎車的農民，全都應該是 Rolanto 的市場。「在當前，臺灣有一場鄉土文學論戰，」劉福金說，「鄉土成了最流行的時髦語：文學家寫鄉土；畫家畫的是鄉土；攝影家拍攝的，也是鄉土。但是，So far，還沒有人把商品和鄉土聯繫起來。Rolanto 就是這個產品！」

劉福金幾乎是興高而采烈了。他說，他現在要看一看華蒙廣告公司怎樣具體實現了他對 Rolanto 的 Marketing 思想。他坐了下來，喝著桌子上早已涼下來的咖啡。

「Bravo, H. K.,」布契曼先生說，「看過毛片，我們再逐一討論。」布契曼對陳家齊說，「Anyway，你確定他要放的不是小電影嗎？我們有個女士在座哩！」陳家齊笑著對華蒙的人說：「Ask him，」他說：「問他好了。」

慢了好幾秒鐘才聽懂布契曼先生的幽默的劉福金，這時突然很美國風地，嘩、嘩地笑了起來。華蒙廣告的莊老闆，也似懂非懂地陪著笑。兩個華蒙的職員打開一個大黑匣，起出放映機，準備上片。

「I don't care, anyway，」Lolitta趙小姐說：「我不在乎。」

「She's a liberated woman，」布契曼先生對沉默不語的陳家齊說，「她是個很開放的女人哩。」

陳家齊嚴肅卻不失隨和地坐著，淡淡地笑了起來。他從Lolitta想到老金。才個把星期前，老金來他的辦公室坐。

「有人來問起H. K.，」他不解地說，「那小子，會有問題嗎？」

「哦，」陳家齊說。

他感到意外，卻似乎也是意料中事。他沉吟著：

「我看，不值得你擔心罷。」他終於說，「憑他那毛躁，礙不了事的。」

「說是各方面上去的報告，不大好，」老金說。

「我看，沒什麼。」他沉思著說。

會議室的燈光忽然暗了。一道強光從放映機射到會議室原有的銀幕上。人們噴出來的香菸，在光柱中翻湧。銀幕上先是跳出一些阿拉伯數字，而後忽然恆春調的小提琴響了起來。畫面隨之一亮，是個典型的臺灣農村風光。

在茂密的竹林蔭下，一座古井旁邊，一對穿著對襟唐裝的老夫婦坐在安樂籐椅上納涼，手搖著蒲扇。俄頃，犬吠聲作。老婦向前瞻望。恆春調小提琴淡出。鏡頭接著推出竹林蔭下，向著農舍的院落挺進。一輛 3600C.C.的轎車滑進庭院。「兒孫又回來了！」老婦人說著笑了起來，起身迎去。

漂漂亮亮的兒子、媳婦和孫兒下車，和老夫婦簇擁著進屋子。接著跳接到一個午餐的畫面，菜肴豐盛。老人和藹地勸小孫子吃菜。小孫子的特寫：嘟著嘴，了無食慾，說：「我要吃鐵板燒。」漂漂亮亮的媽媽嗔責：「這又不是臺北。鐵板燒，回臺北再吃！」

老人的特寫：笑呵呵的臉，望著孫兒，說，「有，有，鐵板燒，這裡也有。」兒、媳困惑不解的笑臉。老人對老婦人說，「拿『羅蘭』小鐵板來用。」

一台黑色的 Rolanto 在畫面上以優美的角度，在銀幕前慢慢旋轉，讓人們逐一看見它的全貌。老人的聲音在場外說明 Rolanto 的特性、優點、使用方法。鏡頭又跳到餐桌上。這時餐桌中央多出了一台 Rolanto，上面煎著明蝦、切塊的豬排和牛排。小孫兒的特寫：狼吞虎嚥，一邊抬頭望老祖父：「哇！好好吃哦！」接著跳出 Rolanto 全貌。Rolanto 和「羅蘭」的標準字體。原廠的商標。場外聲：「義大利原裝進口，美商臺灣莫飛穆國際公司總經銷……」

會議室內燈光亮起。禮貌性的掌聲在布契曼先生領頭下響了起來。陳家齊低頭在大筆記本上迅速地寫著些什麼。在整個放映的過程中，他一直隨時在他的筆記本上記東西。他把鉛筆匆匆丟下，在別人的掌聲就要終止的前一瞬間接下鼓掌的聲音。

劉福金注視著陳家齊，微笑了起來。

「謝謝。呃，這還只不過是初稿。There are still rooms for improvement，」劉福金站起來，說：「還有許多地方要改進……」

劉福金接著說，這次整個廣告影片的產生，應該是一個實例，用來說明如何使整套 marketing 計劃，具體化爲一種可以感染和傳播的意念，達到「改變意識，創造慾求」的目的。

「先生們，是 C. F.（廣告影片）爲了 marketing 計劃而存在，」劉福金用英語說，「不是 marketing plan 爲了 C. F. 而存在。因此，先生們，對於這個初步剪接好的片子，需要從各種角度加以檢討，尤其是，業務部的意見，會受到更認真的考慮。」

彷彿要答謝陳家齊方才的掌聲，劉福金以特別誠懇的表情，向坐在會議桌另一邊的陳家齊狀似誠摯地點著頭。但是，在劉福金年輕的臉上，那湧自內裡的喜悅，兀自從他故作矜持和老成的表情——他的微微上斜的、單眼皮的眼睛；他的瘦削的鼻子；和他的粉紅色的、柔嫩的嘴唇裡，滿溢了出來。那喜悅，是對於成爲臺灣年輕的管理者族中的流行語「Marketing Management」（行銷管理）的狂信和魅力的喜悅。在劉福金看來，只知道靠著對公司、對工作無限的忠誠，以不可置信的勤勞、對客戶提供招待和回扣來拓展銷售總額的所謂「銷售取向」的促銷方式，早已經過時了。陳家齊，就是那過去了的「銷售取向」時代的最後的英雄，劉福金想著：新的，稱爲「行銷取向」的促銷時代，已經在特別成立了行銷部的一刻，在臺灣莫飛穆國際公司登場。從今以後，新的作戰總指揮部已經成立。你，陳家齊，一名過時的悍將，將在我，劉福金的綿密的全盤行銷計劃的指揮之下，東征北伐，劉福金想著：今天這一場C. F. 試映會，無疑要折服了悍猛、忠心、但腦筋過時的，公司愛將陳家齊吧……劉福金在手上機械地轉動著一隻黑色的原子筆，興奮而又莊嚴地想著，不覺感動起來。

華蒙的兩個職員開始把片子倒捲，放映機發出急促的切切聲。華蒙廣告的莊老闆忙不迭地掏出長腳 KENT 請抽菸。他先是向 Lolitta 敬菸，然後布契曼先生，然後是劉福金，卻一邊向著布契曼先生結結巴巴地說英語：

「I like the King-Size KENT，」莊老闆說。

「O, Why?」布契曼先生說，一邊俯身迎向莊老闆的打火機。

莊老闆又結結巴巴地說不出個道理的時候，布契曼先生卻迅速地轉向他的性感的女秘書，看著她用豐腴的右手夾著香菸的樣子，惡戲地說：

「All I know is that Lolitta cares for the King-Size most，」布契曼先生說，「我只知道 Lolitta 最喜歡 King-Size。」

劉福金這次非常迅速地以高亢、誇張的朗笑回應了布契曼先生猥褻的謔語。幾個英文不很靈光的業務部組長也縱聲嘩嘩地笑了起來。那笑聲的歡樂，與其說爲了謔語的本身，其實是爲了他們能很快地領會了一句老闆的英文謔語的自豪和討好的欣快感。只有莊老闆不知所以然地陪著尷尬的笑臉。劉福金滿臉春風。他側身用臺語對莊老闆說：「King-Size，另外一個意思是大枝啦。」莊老闆張大了碌碌的眼睛，

「噢，噢，」他說，彷彿受了重傷，於是也哼哼、哈哈地笑了起來。

「一羣神經！」Lolitta 揚了揚畫過的、深咖啡色的眉毛說，「一羣神經。」

陳家齊始終忙著從頭翻閱自己的筆記。當他推開自己的坐椅站起來的時候，由於

他一貫嚴肅的性格，全場立刻安靜了下來。

他說他首先要對劉福金那予人深刻印象的解說祝賀。「一般地說來，我同意H. K.關於透過marketing plan爲我們自己口袋中的產品創造需求的理論，」陳家齊說，「而且，爲了達到這個目的——爲了將我們的Lolanto打進每一個臺灣農村中的每一個家庭，H. K.把他所最珍貴的東西：例如『鄉土文學』；例如他的臺灣情感，也拿出來交換。」陳家齊於是向著劉福金極輕微地欠身，面帶著冷冷的、幾乎不著跡痕的微笑：「一個優秀的Marketing Man，應該學會不惜以任何東西，包括他自己的宗教，去換取消費者對產品的認識、意識、興趣、需要，以及，先生們，最終掏出錢來，完成購買的行動。And H. K. is that marketing man.」他說，「劉福金就是這樣的企劃人才。」

陳家齊的英文雖然緩和些，但程度卻遠比劉福金所想像的還要好些。在那瞬息之間，劉福金一時還把握不住：陳家齊這一番開場，是恭維呢，還是揶揄？「先生們……」他聽見陳家齊又開始了。他說做爲一個業務部負責人，他的責任，是按照企劃部的marketing plan，做好銷售計劃：設定目標，組織人力，擬定行動計劃，執行和控制每一個階段的執行成果。

「但是，對於總計劃的 marketing plan，我應布契曼先生和 H. K. 的邀請，代表業務部門，發表一點意見。」陳家齊說。

劉福金直到這時，才逐漸意識到陳家齊開場的話中，充滿著針對著他的，精緻的嘲笑與攻擊。他先是緊張、憤怒。但隨即感到不可抗拒的恐懼。他千萬不曾想到，看起來糙糲不文，留著平頭，身材壯碩，只知道像一隻幼時故鄉田野中的水牛那樣，爲了公司拖著笨重的犁耙，在滿是惡石的田地上拖磨的陳家齊，竟能打出一招看似斯文，實則取人性命的手段。臨到戰場才知道自己對於對手做了過低的評估，使他的恐懼帶著一種疼痛的感覺，從他身體之某一個地方，滲滲然地湧流了出來。他不住地喝著案前的開水。而他的應是清秀的臉，一點一滴地蒼白起來了。

陳家齊繼續以他那緩慢的英語說話。劉福金知道現在他必需全力理解顯然是有備而來的陳家齊的意見。他把自己在會議中發出去的 Rolanto 行銷企劃案影印本翻過來，利用背面的空白，筆記陳家齊的意見。但是對於陳家齊猝發的攻擊所引起的忿怒和恐懼，屢屢使他分心。他知道陳家齊正集中地對方才放映的廣告片發表意見。

「The film itself is, to my opinion, perfect，」陳家齊說，「我認爲片子本身，是好的。」

劉福金坐直了身，用憂悒的眼睛注視著陳家齊壯碩的身影。

「但是，恐怕 **H. K.** 在這片中所理解的那種田園時代的臺灣和臺灣人，在現實上，是不存在的。」陳家齊說。

——The absence of pastoral Taiwanese…

劉福金在紙上按著陳家齊的表達，潦草地寫下這個片辭。陳家齊說，依據他將近十年來，因爲銷售業務的工作關係，跑遍臺灣南北每一個角落的經驗，「像影片中身穿唐裝，住傳統一廳兩廂的房子，在古井邊、竹圍下，坐破椅子的臺灣農村已經不見了。」陳家齊說。他說整個臺灣農村早已改變了「田園的」舊容，現代成衣老早取代了對襟唐裝；牛仔褲更是年輕農夫的日常穿著。家具變了，大量的廉價家具取代了曾經沿用幾代的桌椅。電視機、電冰箱、機車、鐵牛車甚至小發財貨車、小轎車逐漸流入農村。傳統的老房子拆下來，新蓋的農家雖然沒有樣子，卻越來越接近鄉鎮和城市。農村中的語言變了，價値也變了。

「這一切的劇烈改變，來自一個新制度在臺灣的成立，」陳家齊說，「我要說的，不是政治的制度——Okay，你可以說它最終是和政治有關的。我所說的，是消費的制度。」陳家齊接著說，做爲制度的消費，可以改變一切。HONDA, MATSUDA不僅僅在臺灣鄉間跑，「在我到菲律賓、泰國的時候，我也看見它們在那些地方的、貧窮的鄉間小路上奔馳。」陳家齊說。外國廠牌的電視、冰箱、農藥和飲料，不只在臺灣的鄉間流行，也在泰國、菲律賓、巴基斯坦、墨西哥、巴西的鄉下氾濫。「這就是我爲什麼讚賞 H. K. 把 Rolanto 推向臺灣農村的計劃，」陳家齊依舊平穩地說。劉福金終於理解：陳家齊的英文不只是平實，簡直是流利的。

「但是，如果，」陳家齊停頓了一下，迅速地看一下那幾乎無力招架，看來已經充分地理解了他的威力的劉福金，說：「如果我們的廣告代理，能更具體、實在地理解臺灣農村，先生們，理解完全變貌了的臺灣農村，理解到臺灣，在國際性的 marketing 計劃長年的工作下，幾十年來，使她發展出一種現代性，先生們，一種統一在國際性統一規格的物質和精神商品下的現代性，從而逐步喪失了它傳統的特性——例如，」陳家齊又停頓了一下，說，「例如我們的廣告代理所理解的，對襟唐裝的臺灣農村——那麼，我們的廣告代理商，就不會死死抓著早已不存在的映像不放，並且把它和我們的 Rolanto 結合在一起。這種結合，先生們，可能是一場災難哩！」

—— Disaster！

劉福金機械地記下陳家齊講話中一些關鍵性的單語和片辭。凌厲的攻勢，精緻的戰術。陳家齊在適當的時候，抓出「我們的廣告代理商」當做劉福金來打。但是，儘管劉福金心中明亮，可也感受到敵人故意縱放的輕鬆。他不敢側頭去看那位「我們的廣告代理」華蒙的莊老闆。但他知道，幾乎完全聽不懂英語的莊老闆，一定像沒事人一樣，滿懷著搭上一個大外國客戶的喜悅，輕鬆地在這豪華的會議室中，一支支抽他的 **King-Size KENT**。劉福金知道他被打敗了。對手是個可畏的敵人，打倒了他，卻留下他的面子，留下他的全屍。

——他們中國人，眞厲害。眞厲害……

他軟弱地對自己說。

「做爲一個跨國性企業的管理者，應當深刻地理解到我們跨國企業體正在全世界範圍內，進行一項和平、無聲的革命：相應於我們跨國企業商品在品質上的統一性，我們創造了一個沒有文化、民族、政治、信仰、傳統的差別性的，統一的市場！」陳家齊依然不改他那緩和、持重的語氣。這種持重、緩和的語調，加強了他做爲穩健、精明、忠誠的企業管理者這樣一個既有的角色印象。他說：「我因爲業務會議，走遍菲律賓、泰國、印尼、印度、巴基斯坦，以及，在一次非常特殊的機會中，我到過巴西。可口可樂在所到之處——不管那市場是如何貧瘠——都有人在喝。本田、豐田牌日本貨車，在整個東南亞的鄉村道上馳騁；牛仔褲、長頭髮、太陽眼鏡、世界名牌農藥和西藥、化粧品、香皂和香水……在我所到的整個東南亞農村中，不斷地普遍化。」因此，陳家齊認爲，臺灣農村，也不會是例外。全球性的商品，正在塑造一個與其他東南亞市場一樣的新的臺灣。「在這個新的臺灣中，對襟唐裝的臺灣老人，個別地、少數地，是存在的。我曾在美濃，一個臺灣最南部的小鄉村，看到過。但整體地說，這樣的臺灣，早已消失。」陳家齊說：「我的父親，是一個堅持在傳統中國方式下生活的老人。他不但堅持非不得已，決不以西裝來取代他所熱愛的中國傳統便服。他堅持他的兒女背誦族譜，記住大陸老家的詳細地址；他堅持在現代家庭中充分維持他做爲傳統父家長家族體制中的支配性地位。但是，先生們，任何人都知道，這樣的中國人，儘管個別地存在著，卻一般地——在社會上、歷史上，以及在統計上，完全消失了。」商品的國際性，創造了文化、思想和價值的國際性，陳家齊說，古老的亞洲世界，在跨國性企業的管理中，「和平而自然地」泯滅了傳統的個性，而呈現出現代市場的同一性！

陳家齊的結論，是他支持劉福金把 Rolanto 在整個臺灣市場中推進。但是，他認爲在廣告上，有兩個可以考慮的思考。「第一，要使 Rolanto 具有西方先進國家直接進口的現代家庭生活廚具這種印象。」他說。因此，應該可以從原廠進口在歐洲推銷時使用的廣告片，配上國語發音，以便建立Rolanto「高級」、「西歐流行」、「原裝進口」的產品形象；其次，按照銷售對象和區域，再依不同的時期，推出分別以城市民和農民爲對象的廣告片。「我希望，我們的廣告代理商，在重新拍攝農村時，千萬要放棄對襟唐裝老人、竹叢、古井和老房子這一類映像，」陳家齊笑著說，包括劉福金在內，全場跟著輕鬆地笑了起來。「要使我們的臺灣鄉下人，看起來明智，有現代意識，絕不憚於使用任何優良的、現代的、進口的商品。」陳家齊說。

「這是一項十分重要的市場事實，先生們。今天的臺灣農民學得快，對於新技術、新商品，接受力非常高。這是因爲我們的農業已經直接或間接地組織到敏銳而不斷變動中的島內和島外的市場。新的農民，早已登場。」陳家齊說，「除此而外，讓我向劉福金先生致賀，爲了他一個大體上成功的marketing plan...」

陳家齊語聲未落，自己便先在台上禮貌地，優雅地向著劉福金拍手。會議室裡響起了掌聲，這表示喝彩的掌聲，雖然確定是向著劉福金，卻也分潤了陳家齊。

在掌聲還沒有停止的時候，布契曼先生，如今他滿面笑容，側身向劉福金耳語了一番，然後在掌聲甫落的時候，站了起來。

「先生們，這是一個成功的會議——比我可以想像的還要好幾倍。」布契曼先生說，「我和 H. K. 都同意，C. C. 的意見具有十分重要的參考價值。」但是，由於時間的關係，布契曼先生說，他寧可讓繼續的討論，留給陳家齊和劉福金私下去進行，以便互相補充，做出最好的計劃。布契曼先生說：

「現在，我想，各種條件已經成熟，使我鄭重地向大家宣布：在十二月上旬，美國莫飛穆遠東部，決定選擇來臺灣開一個為期四天的會議：行銷管理會議。」他說，「在這個會議中，行銷（marketing）將被當作一項嚴肅的管理科學來加以討論。」

一陣熱烈而持久的掌聲停息之後，布契曼先生接著說，會議將召集遠東區莫飛穆分公司行銷部門和業務部門的主要幹部來參加。會議主題是：「行銷管理中的行銷傳播」。

「事實上，今天我們的討論，便深刻地觸及這個主題的重要部門，即如何評估東亞市場中的特點，並根據這項特點去建設一個實用、有效的行銷計劃，達成具體的企業目標。」布契曼先生說，「總公司挑選了臺灣——尤其在臺灣的外交情況有表面的不安定時——做為這次會議的會場，充分表現出美國莫飛穆，對中華民國堅定的支持，連帶地也表示了臺灣莫飛穆連年來巨大成長的嘉許……」

另一次掌聲熱情地響起。布契曼先生宣佈，整個會議籌劃的負責人是業務部經理

C. C. 陳；H. K. 劉將成爲籌備工作的「特別助理」，而每一個今天與會的人，都將分配到工作，共同辦好臺灣莫飛穆歷史上頭一次主辦的國際性會議。

會議結束了。但每一個人似乎都成了不同的人。他們原只是來敬陪末座，觀看劉福金和陳家齊唇鎗舌劍，卻不料像是眞正地來上了一課。跟著劉福金成天把 management 掛在嘴上的年輕組長，對於「管理」一詞，更生了敬畏；一向跟隨著陳家齊在現實市場上東征北伐的業務部各主任，至今日才知道 C. C. 幹練的背後，有他平素從不掛在嘴上的管理深度。每一個與會的人都知道陳家齊已經結結實實地打倒了「管理教授」派的劉福金。但這勝敗卻被某一種興奮，某一種對於未來的期許所沖淡：爲了即將來到的「國際性會議」，每一個人都要負起一份責任。他們比往常任何時候都更強烈地感覺到：自己是一家著名的多國籍公司中，邁向國際性舞台的管理者。他們欽慕地回味著陳家齊流利的英語。當然，劉福金的英語也不錯。每一個人都不約而同地感覺到，做爲年輕的、有無限光明前途的國際性企業管理者，應該好好地弄好英文了……

3 花草若離了土

陳家齊依舊是一大早就到他的辦公室；依舊是那樣專注、嚴肅而不知疲倦地工作著。然而，和劉福金的行銷部門開過會以後，陳家齊重新奠定了在公司內部的新而且穩固的地位。儘管他在會議後絕口不提，他在會議中怎樣步步進逼，根本推翻了劉福金的行銷計劃案的事，卻傳遍了每一個部門。

布契曼先生要陳家齊和劉福金共同修訂 **Rolanto** 小鐵板爐的上市計劃。因爲預定在十二月間在臺灣召開的遠東區部行銷管理會議中，遠東地區各莫飛穆公司，都必需向大會提出各公司某種產品的行銷計劃的報告，並由與會的各國行銷和業務管理者，加以評估。但是陳家齊適時在會議中推薦由劉福金重寫 **Rolanto** 小鐵板爐的行銷計劃，由業務部負責提供有關臺灣市場的具體資料。劉福金終於深深體認到陳家齊「乘勝而不追擊」的手段，所內蘊的功夫。儘管劉福金幾次有極爲微弱的這樣的衝動：提出辭呈，離開隔間、傢俱全新的臺灣莫飛穆國際公司的行銷經理室；捨棄一輛全新的，由公司配給的福特一千六「跑天下」，來保護他的自尊心。但是，他畢竟樂於無聲地和自己妥協了。他於是懷著差不多是感激的心，接受了由陳家齊丟給他的面子，和藉著工作去補償錯誤的機會。然而，在某一個原則和榮辱上，劉福金是堅定而不妥協的。在他看來，在臺灣的外貿企業環境，是「臺灣人」和「中國人」可以最公平地在才能與機會上一較短長的地方。在上次會議中自己的失腳，他檢討的結果，是由於自己的輕敵，再加上缺乏對臺灣市場現實條件的理解的緣故。他回想自己從小到大，隨著公務員的父親，東調西遷，每每在一個新學校中，都會遇到在功課成績上跟他爭一、二名的同學。他曾輸過。但他總是要設法了解對手的實力——例如在一道做功課——然後擊敗對方。現在，整個臺灣莫飛穆國際公司都沐浴在一種未曾有過的欣快的氣氛中。爲了公司將在十二月間主持一個遠東莫飛穆的國際性會議，每一個部門，都分配了一部分工作：編列預算、編寫議事文件、交涉會場和安排各國代表吃、住、交通、安排宴會、參觀、會場布置、秘書工作，等等。這種「家有喜事」的集體的欣快，加上劉福金在陳家齊縱敵下被「推薦」改寫 Rolanto 小鐵板爐行銷計劃，以便屆時代表臺灣莫飛穆在大會中提出，劉福金的挫敗，被大大地沖淡了下來。

在整個臺灣莫飛穆欣快的氛圍中，陳家齊依然是那麼不輕易表情的「國」字臉；依舊是那樣近乎病態地勤奮工作：早到、晚走，絕對自動地找問題解決，找事情做……他依舊或者更嚴厲地在業務檢討會中拍桌子罵人，他罵得那麼痛心疾首、悔恨交加，看來每一個業務決策和行動上的過錯，每一個交易機會的喪失，全是天地間至大而無可彌補的缺憾。但是，在他和劉福金著名的一役之後，他的嚴厲、不要命的勤勞、近乎非理性地尋求效率和業績……全成了他的某種魅力。整個業務部比從前更忙碌了。在陳家齊時鐘似永不停歇的號令下，以陳家齊的辦公室爲軸心，轟隆轟隆地轉動著。

當然，無需多久，林德旺就明白：陳家齊的勝利和這勝利帶給業務部的欣快感，是與他完全無份的。即使Lingo林也分配到一份任務：設法到海關有關單位，去收集有關近三年來外國進口家電用品的數字。Rita的桌子上堆滿了打好又經影印的，關於整個臺灣莫飛穆要在十二月間迎接的大會議文件。每一份文件都註明要送給某單位的某人，卻沒有一份是必需送達林德旺的桌上。好幾次，林德旺假裝在桌前煞有介事地忙碌著，但眼角餘光，專心注意著Rita一次又一次送發照會的公文、資料。每次把桌子上的文件送完了，林德旺依然沒能分到一份。

他是多麼渴望著得到一份啊！不必要厚厚一紮罷，哪怕是一封信，一張通知也好。他在Lingo桌子上就看到Rita用精美的IBM打字機打好的一份Memorundum，用橡皮圈束在一小疊文件上。

發文：C. C. 陳——業務部經理

受文：Lingo 林——海關事務組

主旨：市場調查：關於一九七五年六月至一九七八年六月間臺灣家電產品進口資料

文件的本文打得錯落有緻。文末是陳家齊的英文署名。他睜大眼睛看最末副本受文的人名。整個海關事務組的人全有了，就沒有一份給 J. L（John Lin），林德旺的英文名字縮寫。

——就連才來公司三個月的小伙子趙宏明也有一份。

他悲傷地想著。霎時間，他的眼眶貯滿了淚水。他緩緩地離開 Lingo 不在的桌子，走進那間幽暗的型錄檔案間。他躲在一落落檔案架的陰影裡，讓那連自己都不甚理解的淚水，不斷地流著。林德旺忽然覺得疲倦了，彷彿他一直千辛萬苦地長途跋涉，從未曾有過片刻的休息。他疑心自己的心臟——或者肺臟有病。這個想法使他感到心悸和衰弱。他在那寂靜的檔案室裡，傾聽著彷彿在自己的喉頭悸動著的心臟，感到駭怕。檔案室外傳來不斷的電話聲和打字機嘀嘀答答的聲音。他用袖口擦乾臉頰上的淚水，走了出去。

他到Rita的桌邊站著。Rita迅速地抬起頭來，向他笑了一下，打字機上的手可一秒也不曾停下。

「什麼事？」Rita說。

「要一張勞保單。」

「生病了？」

Rita突然停下工作，抬頭望著他。她的一張堅持不施脂粉的臉，看起來有些灰黃。在她的疑問的、仰首的眼神中，迅速地凝聚著宗教徒對別人的苦痛特有的關切。

「生病了嗎？」她說。

林德旺感到恐懼。猝死的恐怖，忽而向他絕望地襲來。

「我怕要死了。」他輕聲地說，彷彿耳語。

Rita猶疑了片刻，便忽然笑了起來。

「有病就看病，怎麼就胡說八道的。」

她於是低著頭找勞保單，爲林德旺塡寫、蓋章。當她抬起頭來，看見林德旺果然看來憂愁而且蒼白。林德旺接過勞保單，默默地走了。

Rita目送著他走回自己的位子，把勞保單放進皮手袋，呆立了片刻，走出辦公室。「主啊！」她輕喟地、無聲地說，把雙手抬到打字機的鍵盤上。霎時間，她又聚精會神地打起字來了。

——嘀答、嘀答答、嘀答、答嘀嘀嘀……

林德旺恍惚地走出電梯，走出那巍巍的華盛頓大樓。他失神也似的、緩慢地走著。走過整棟華盛頓大樓的走廊，而後走上一條長長的紅磚人行道。他跟四個人靜靜地等著對街亮起綠燈，踩著斑馬線走到對街。十一月中旬的陽光，溫和地照在街道上。他把皮手提袋夾在腋下，兩手揷在褲袋裡，挑著有陽光的地方，彳亍地走著。摩托車切齒似地從他身邊搶著往前衝刺。

就這樣，他竟走完了長長的一截延吉街。他看見一條拖著骯髒的鍊子的，被人遺棄或者自己走失了的，形容悲哀而又邋遢的某一種外國狗，匆匆地竄向仁愛路右邊。他憂愁地想了想，便舉步走出延吉街，向著八德路的左首走去。他機械地走到通往他賃居的那條小街的公車站牌，荒蕪地想著方才那隻滿臉長著骯髒的鬍鬚的外國狗。

——那樣子滿臉滿嘴的毛，連眼睛都蓋住了，怎麼認路，怎麼走路？

他想著。他覺得所有的路，他全不認得了。他暗暗地感到心慌。他想起小時候在一個稱做銅鑼的故鄉，一個燠熱不堪的下午，跟了隔壁一個讀縣中的阿倉哥，翻過一個山頭，走了好長的一條黃土坡。在黃土坡盡頭下切的地方，有一流湛綠的溪水。他們在那兒游水，摸蝦子。一直到傍晚，也不記得爲了什麼，兩個孩子起了劇烈的爭執。阿倉哥打了他，把他整個的臉按到水裡，在幾乎窒息的時候，他在水中睜開了眼睛，看見阿倉哥的兩條灰色的腿，就在他的眼前定定地踩在河底的沙石上。那時候，他的心中充滿著猝死的恐懼，狠狠地咬住左邊的阿倉哥的腿，他的頭於是才能彈出水面。他於是放聲大哭。阿倉哥的拳頭雨一般地打在他裸著的胸口和肩膀，但他只是那樣在溪緣的水中淒惶地、大聲地號哭著。

阿倉哥回到溪岸，把自己的衣褲頂在頭上，用立泳一聲不吭地游向溪心，游向對岸，逕自找路回家去了。他一邊抽搐，一邊看著阿倉哥走遠，消失在滿是白石和菅芒的溪埔上。整個寬闊的溪埔於是立時落在無垠的寂靜裡了，只剩下淙淙潺潺的水聲，還有在對岸的菅芒叢裡不斷跳躍、飛竄，而絕不肯做片刻休息棕綠色的水鳥，「嗶

——嘰，嗶——嘰！」地鳴囀的聲音。他知道他無法游過據說深有一個半晒衣竹竿那麼深的溪水，追向對岸，跟著阿倉哥後面回家。他在溪邊的一塊大石頭上癡呆似地坐著，然後起身尋著和阿倉哥走來的，印在沙礫和石頭上的足踪，離開溪埔。那時候，夕陽把整個埔上的菅芒，一概染成金黃的顏色。可一走上黃土坡地，天就逐漸地暗了下來。原來深綠色的，在風中婆娑著的相思樹林，現在卻變成了一幢幢黑色的、遼闊的樹影。就在那時候，他曾覺得所有來過和將去的路，他全不認得了。在越來越暗的天色裡，他的稚少的心中，充滿著從未知道過的焦慮、恐懼和絕望。他在夜色中奔走，向著他所無法確定的方向。這時候全世界似乎只剩下了他驚恐的足音，和自己細小而急促的喘息聲……

現在林德旺坐在開向圓環南京西路一帶去的公車上。車子在路上不急不緩地走著，在一些有人上車或者下車的地方停車，機械地走彎路，有時開進一個社區，有時在繁華的通衢上跟別的各種車輛，一道奔馳著。他坐著這一線公車，每天奔馳在圓環的寧夏路口和華盛頓大樓之間，也快三年了。可沒有一次像是今天那樣，覺得來過的和將去的路，都變得那麼生疏，彷彿他來到了一個完全陌生的城市似的。兩邊林立的大廈高樓，櫛比鱗次的商店、餐廳、企業大樓、銀行和超級市場，都像是童年的那夜色低垂的鄉下夾路的相思樹林：陌生、黑暗、幢幢獨立，滿懷著無可測度的惡意。他感到無比的疲倦，心中充滿著無由分說的絕望、羞恥和驚恐的感覺。俄頃之際，他的眼淚簌簌地流了下來。從窗口望出去，整個城市看來模糊一片。車子在一次路口上的紅燈前停著。也停在一旁的一個騎電單車的女子，忽然看見公車窗口上滿臉淚痕的林德旺，詫異地睜大了眼睛。

——糟糕。

林德旺憂心地想著。車子又向前開動。這時候，他想起了一所大學醫院。像這樣不由自已的流淚，以及那以後可怖的發展，曾經使他在縣中將上三年級的時代，住進那家大學醫院的精神科。他畢生都無法遺忘當時那一截臨住院前的日子：恐懼、焦慮和無可言說的絕望，彷彿巨大的浪潮，排山倒海，一波又一波地，向他席捲而至。

現在他已經在寧夏路口下了車。在他的心中，正切切地想著：無論如何，他應該乘著意識還清醒的時候，使盡全身的力氣，躲開迫在眉睫的、少年時代被迫住院前那一段深淵似地黑暗的日子。他想到立刻雇車到那所大學醫院去。但是，隔了七、八年的今日，那時的陸醫師還在嗎？他苦苦地想著。他徬徨起來，淚水又任意地掛滿了他蒼黃的臉。他走進一家藥局。

「我買六粒 Valum。」

他說。一個顯然燙過頭的中年男人，在那狹小的藥局櫃台後面，默默地看著他。

「我買 Valum……」他說。

「誰要吃的？」

「我。」他說。

鬈著黑而又粗的頭髮的中年人想了想，說：

「我們不賣。」

他茫然地站著，彷彿不曾聽懂藥局老闆的話。

「這種藥，可不能隨便賣啊。」中年人說，端詳著林德旺一臉的淚痕。

林德旺一聲不響地走開了。現在他掏起一條並不乾淨的手帕，一邊走，一邊仔細地揩拭著自己臉上的淚污、鼻涕和汗水。老天爺，他想著：不論如何，不要讓我再掉進那幽暗無邊的日子裡去喲……。他筆直地逼視著另外一條街角上的看板：「惠衆藥房」，匆匆地、認眞地走過去。

他走了大半條延平北路，拖著疲倦的身體，回到他那一間廉價租來的房間。這是一所專門租給從外地來臺北討生活的人們的四層樓老房子。它一直神不知、鬼不覺地躲在鼎盛而又繁盛的天水路邊一條窄小瘦長的巷子裡。每一間五、六坪大的房子，僅僅用薄薄的三夾板隔開。房間裡配著一個佔去房間面積約莫五分之三的雙層臥舖。林德旺把一些面盆、書籍、舊皮箱放在上舖。一串用報紙包好的香蕉，因著過分的悶熱，發散出濃烈香味，混合著他房裡的霉味，尤其的刺鼻。他虛弱地坐在床頭，愼愼地望著窗外打進屋裡的天光，把一張靠窗的書桌照得慘白，使桌面上的灰塵，纖毫畢露了。桌子上擺著一本舊書，書皮上印著：「如何在三十歲以前成功立業」。

也不知呆坐了多久，他把跑了幾家藥局、藥房買到的幾包鎮靜劑，分別打開，算算總計也有二十來粒。他小心翼翼地裝進一個小塑膠袋，然後又倒出四片白白的藥錠，就彷彿喫豆子一般一粒粒送進嘴裡，慢慢地咀嚼。熱水瓶裡早就沒了水。公用的開水桶在公共浴室門口，他懶得走動。在房子裡，他開始有些覺得寒冷。他脫去鞋襪，用手搓揉著痠痛的腳踝，覺得今天的他的手，虛弱而且無力。他把交握的雙手放在腿上，竟而看見它們微微地顫動起來。他失神似地注視著他那不由自己地顫抖著的一雙蒼白的手，彷彿聽見了他的姊姊素香的呻吟……

「呔……呔！」

姊姊素香緊緊地閉著雙眼，臉色在日光燈下顯得尤其的萎黃。交握在自己的懷裡的她的雙手，不住地顫動著。她身穿黃色的法衣，在縈繞的香煙中，盤著雙腿，坐在地上。現在她整個身體一邊顫動著，一邊左右搖晃。她的緊閉著雙眼的頭，像是極力否定著一件亟於否認的事也似地搖著頭。她的雙眉苦痛地鎖著，白色的口沫，流下她密閉的唇角。細小的汗珠，開始密密地凝聚在她萎黃的，寬闊的額頭。

「呔！……呔！……」

她呻吟著說。

「帝君爺，請開金口。」一個聲音沙瘂的中年男子「桌頭」一邊高舉著一面黃旗，一面喊著說，「請開金口哦，帝君爺。」

爲了幫助家計，他的長姊素香做過推銷員、女工和建築工地上的零工。她也曾在隔壁鎮上一家海產店裡當過女侍應生。但維持得最久的，就莫過於在自己村子裡當「三界宮」中兼差的女乩童。素香的身體瘦小。因此每次施過法，她都要拖著蹣跚的步子回家，把廚房的布簾拉起來，從水缸裡掬水沖洗一身的汗，然後到她的房裡放下蚊帳，一睡就是半天。

爲了弟弟林德旺的少年時的那一場大病所要支付的沉重醫藥費，她接下更多扶乩的工作。直到他退院回到鄉下，姊姊素香已經很少有幾天脫下那一襲黃色的法衣。在醫院住了一年回到縣中那顯得異常索漠的校園時，他的同級生全都已經畢業離校。他每天從姊姊素香的手中接過一個沉甸甸的厚大、溫暖，透露著菜香的便當，搭公路局到鄰鎮去上課。那時候，他常常會在車上攤開書本的同時，想起掛在姊姊素香的床頭的，那件黃顏色的法衣來。

——爲了還淸醫藥費呢，還是爲了我的學費，姊姊素香才脫不下那件黃衫呢？

類似這樣的疑問，會匆忙地在當時的他的心中閃過，既不求解答，也一直沒有一個解答。就這樣，他在別人異樣的眼色中，寂寞地讀完了中學。

直到他三專畢了業，他先到高雄換了幾處工作，然後進入在臺北的臺灣莫飛穆國際公司。在這聞名全臺北的國際性大貿易公司中，他第一次進入一個全然不同的世界：地毯，冷暖氣，高級的辦公傢俱，一切文書都是好幾台漂亮的IBM打出來的英文。公司裡的男男女女，全是大學畢業的，體面漂亮的男男女女。於不知不覺間，他開始向姊姊素香要錢，買新的襯衫、長褲、皮帶、皮鞋。他去租下一間不錯的套房，買了一套小小的音響。他不斷地向姊姊素香伸手需索。然後，有一個深秋的下午，他接到姊姊素香這樣的一封信——

「……你姊姊這件黃衫，暝穿，日穿，也是望你早日成功，阿爸也好早日放下油湯擔子，將阿公失敗賣去的田地買一點回來。我們究竟是做田的人，要做田才會心安。

「這數月來，你向我要了三、五萬塊。我雖然不說話，心裡漸漸知道。我在『龍宮』海鮮店做過幾個月。什麼人都看過。弟弟你變壞了。我知道。」

姊姊素香要他立即辭去工作回家。那個星期六，他趕回家，工作卻不曾辭去。

「你還是回來的好。」姊姊素香說。

他沒說話。

「我們是做田人。」姊姊素香說，凝重地望著遠處佷立在陽光下的幾棵檳榔樹，「做田人有做田人的去路。」

他告訴姊姊素香，他在一家外國公司工作。由於那是一些高等人在一起的高等的地方，起初，是難免要花一點錢，穿得好些。

「在外國公司，只要有能力，工作賣力，都會受重用。」他說，「我來努力做，將來把錢還了你。」

「外國人，就高等嗎？」

沉默了一陣，姊姊素香說。現在她看見從那一叢檳榔樹下，一個中年男人騎著一輛本田五十，慢慢地沿著小路向這邊開過來。

「對外國人來講，臺灣就好比鄉下。」姊姊素香獨語般地說，「我不是在『龍宮』做過嗎？我看得可多了。幾杯酒下肚，日本人，美國人，誰都一般醜！」

中年人的本田機車開進晒穀場裡。

「哦，德旺咧，」他笑出一排潔白的牙齒，站在陽光下的機車旁邊，說：「聽說了：你在美國公司做。」

「進來坐，」他低聲說，禮貌地笑著。

中年人走了進來。林德旺掏出菸，請客人抽。

「大賺錢啊，」中年人說著，給自己點上火。他轉向姊姊素香，從褲袋裡掏出一個厚厚的紅包。「溪北那個姓魏的。他母親病好了。這是給你的謝禮。」中年人說，「南部有人來問神。順便帶你過去一趟。」

姊姊素香無言地從古舊的籐椅中起立，接過紅包，走進房裡。

「外國人的公司，賺的錢大把些。」中年人說。

「也沒有呢。」

林德旺說。他開始感覺到一種厭惡和羞恥混合起來的情緒。他知道，三界宮又翻蓋了一層樓，香火鼎盛。比起臺灣莫飛穆國際公司乾淨、高尚、富麗的人們，外面的世界，即使這個他的故鄉，也顯得那麼愚昧、混亂、骯髒、落後。

「你開車回來的嗎？」

「啊，」他喫驚似地說，「沒有。那裡就買得起車子？」

「嘿，你客氣咧，」中年桌頭說，「詹火生，農會理事，認識嗎？」

「不。」

「這詹火生他大兒子，」中年人說，「去臺北才兩年。現在人家他出門都開車。」

「哦。」

「德旺……」

姊姊素香在房裡叫他。

「做生意吧？」林德旺說，「做生意，才發財。我咧，喫頭路，死月給……」

「你姊叫你。」中年人說著，把菸屁股丟在晒穀場上。

林德旺走進姊姊素香的房間。她背對著他，對著梳粧台梳著她那長而森黑、卻有些枯乾的頭髮。夏日的天光，從那沒有天花板的屋頂上開著的一小塊玻璃口上照射下來。在床頭邊，姊姊素香供奉著一個面色黧黑的將軍的木彫偶像。

「外國人，怎麼體面，都是外莊人。」她說。

他在供桌邊的椅子上坐下來。

「是外莊人，就休想給你留下什麼好處。」現在她站起來，取下掛在牆上的黃色的法衣。

「那些外地來收水果、收菜的；那些來抓豬抓鷄的販仔，『阿叔、阿嬸』，嘴呀，甜得像蜜喲，」她說，「那些日本人，街仔來的，對『龍宮』的女孩，糖甘蜜甜，哼，到頭來，比什麼都梟心！」

他沉默地抽著菸，想著少年時的那一場大病。家裡唯一堅決把他送臺北精神科的，就是姊姊素香。他看見姊姊素香的長髮，披在黃色的法衣的雙肩。她的臉削瘦，不抹唇膏的嘴唇的顏色，顯得幽闇。她注視著鏡台中的自己，無意識地攏著頭髮。她想了一下，從粧台的抽屜中，抓出方才那個紅包，放在供桌上。

「我看你還是回來的好。」她說。

他看見紅包的底部破了一個洞。綠色的，不新的一疊百元鈔，從紅色的破綻中，裸露了出來。他沒說話。

「如果回來，這錢你就不要帶走。」姊姊素香說：「如果你還是要留在臺北，就把錢帶走。」她幽幽地歎氣了。「可是再沒有了，你要留在臺北，就不要再回家來。」她說。

他驚慌地抬起頭，看著姊姊素香。他看見姊姊素香了無慍意，卻使他勃然地發怒了。他姊姊素香一仍平靜的臉，在天窗透露的夏的天光中，輕輕地微笑著。她然後回過頭去。穿著暖黃顏色的法衣的姊姊素香，披著黑而長的烏髮，走出房間。

「花草若離了土……」他聽見姊姊素香在大廳上誦唱似地說，「走吧。」

「你講什麼？」中年的桌頭說。

「沒有什麼。花草若離了土，」姊姊素香說，笑了起來：「就要枯黃。」

他聽見本田機車開動了，駛出晒穀場，漸去漸遠。他在姊姊素香的房中靜靜地坐著。他感到羞恥、氣忿、懊喪。天將晚的時刻，他抓了桌上的紅包，走出晒穀場，沿著另一條圳溝邊的小路，走到街上，搭車走了。

那以後，一直到現在，四年多了，一次也沒有回去過。即使過年、過節，也不曾回去。一個人孤單地留在這個孤單的鬧市。

一定要成功出世了才回鄉。開一部裕隆仔回去。當初就是以這樣的願念，抓住桌子上露出鈔票的紅包，離了家的。

——然而現在呢……？

他想著。他脫下襯衫，打開塑膠衣櫥，掛了上去。他看見衣領早已發黃。衣櫥裡掛著外衣、襯衫、領帶，全是剛進臺灣莫飛穆，伸手向姊姊素香要的錢買的。他一回臺北，退掉套房，住進這家粗陋的公寓來。四年來，他就靠它們撐著整齊的衣著，每天回來用手搓洗白襯衫，第二天穿了上班。

現在，他穿著鬆寬而汗漬的汗衫，和一條發黃的內褲，走到桌邊，拿起茶杯，打開蓋子聞了聞。他於是猶豫了半晌，把杯子裡記不得什麼時候留下的水，一飲而盡。

他又坐到床上了。他拉起毯子，蓋住下半身。

——然而如今呢？

他想。他索性躺下，抬起右胳臂蓋著兩眼。他的眼前一下子陰暗下來。他感覺到胳臂上沾到他流呀流的不知怎麼辦才好的眼淚。他想起陳家齊。把整個心都掏出來了，陳經理還是不要他。他弄不懂爲什麼。整個公司上、下、裡、外，就沒有他可以待的地方。爲什麼沒有一個人肯開扇門，讓條路，叫他進去。千不該萬不該，他撞見金經理和 **Lolitta**。我不是故意的，這是第一，他想：第二呢，我從來沒跟誰說過。但是老金和陳經理是一個死黨，這就叫我死定了。他想。我就這樣被他們踩死了。那樣子折磨我，出各種各樣的狀況給我，考驗我吧，我不是全過了關？但是，國際會議，就不讓我參加！他感覺到他整個的心都要被一種無以分說的悲痛壓碎。耗費了幾年的時間，使盡了一切的力量，卻仍敵不過那一股強大的陰謀，在暗處睥睨著他、折磨他、試煉他、玩弄他、欺騙他，最後還絲毫也不顧惜地，一腳踢開了他，寧願把公司裡所有的白癡、馬屁精……全都請進公司的一場大拜拜：國際會議，卻獨獨把他留在門外，使他受到最大的羞恥……他這樣迷亂地、細聲地對著這空虛而荒蕪的空屋，訴說著在心中蜂湧著的思想，讓淚水、鼻涕溼透他整個疲倦、蒼黃的臉。

然後，鎮靜劑使他睡著了。他的右邊的胳臂，還是彎曲著蓋在他的眼睛，遮住從窗子射進來的天色。窗外是一堵灰色、陳舊的一家三層樓酒家的後壁。廚房的大抽風機，這時開始把白濛濛的油煙排出來，順著這堵灰暗的水泥牆向上浮散而去。

4 荒蕪的河床

林德旺醒來的時候，天還亮得很。他掀開那條陳舊的羊毛毯子，覺得睡夢中的盜汗把他的週身都弄溼了。他脫下汗衫，揉成一團，慢慢地揩拭著脖子和胸前和背後的汗水，並且不時地把汗衫湊到鼻尖去，深深地嗅著。他脫下內褲，看見了枯乾了的、新夢遺的痕跡。他用褪下的內褲揩拭下體，然後用汗溼的汗衫把內褲包好，丟到床下去。現在，十一月的天光，從不曾關閉的窗口，照著他削瘦、蒼白的裸體。他嗒然地站著，面對著窗戶，偶然用他那看來頹喪的瘦手，在身上的這處和那處抓癢。他的棕黑色的男性，看來悲戚而且醜拙，在荒亂的體毛中，纍纍地下垂著……。

他走到牆角的塑膠櫥，屈身把拉鍊拉到底，以便在衣櫥的底部找新鮮的內衣褲。就在這一屈身，他看見房門下安靜地躺臥著雪白的一封信。他找到一件綠色的，從軍隊退伍的時候帶回來的，寬鬆的內褲穿上，再套上一件陳舊的、深藍色的運動衫，穿起那條已經骯髒了的、鐵灰色的長褲。他然後撿起地上的信。信封是臺灣莫飛穆國際公司的標準式：修長、雪白，印著鮮橘黃色的公司標誌。他打開信：

林先生：

您已經兩天沒來上班了。Lingo找您，很急。我怕陳經理問，已經幫您請了三天病假。

接信後，請快來銷假。

不然的話，無論如何，打個電話給我。

但願您

平安。

R.

NOV. 19. '78

林德旺不知道今天已經是十一月二十一日了。他一點兒也不知道，藉著藥力，他已經足足睡了一天半那麼久。他把信紙裝回封套，丟在他的枕頭上。他不十分了解，所以也不在意這封信的意義。現在他覺得最重要的事，莫過於盡一切體力和心力，去避免因少年那一場大病入院前的那一段可怕的、混亂的地獄般的日子。他記得臨睡前那種不能自主的絕望、失敗和無顏面、無氣力再活下去的那種心情。就是那個，他想。那就是陰險地，一步步包抄著過來的黑暗。他必需使最大的氣力，哪怕是拼著一死，也要躲避那一回想起來就想要緊緊地抓住什麼的恐怖和迷亂。現在他覺得好些了。他知道該怎麼辦。先出去吃飯，然後回來吃藥，然後再睡一覺。做一點夢大概是免不了的。不過最好是沒有夢的那種睡眠。醫生說過的。

「有沒有做夢？」禿頭的醫生說。

「有啦。」

少年的林德旺說。

「什麼夢？」

「也沒什麼，」他想了想說，「反正是，很亂。」

禿頭的醫生笑了起來。

「夢見我們鄉下，土地廟邊的大榕樹，倒下來了。」少年的，白皙的林德旺說，摸著自己的中學生的光頭，笑著。

「還有沒？」

「哦，」他想了想，說，「還夢到養父來找我回去。」

「固定的那幾個夢，」禿子說，「沒有了嗎？例如光有窗子，卻沒有門的，藍色的屋子……」

「沒有了！」他說。

「哪天睡覺不做夢，就更好呀。」禿頭揚了揚濃眉說。幾天後，他就出院了。

林德旺坐在桌子邊的一隻籐椅上。他決定等一下出門時把擱在上鋪的那一串爛熟的、皮都黑透了的香蕉拿出去丟棄。他記起方才睡時做夢，滿鼻子都是酸掉的香蕉味。固定的夢，他想。被扯到一邊去的胸衣，把一對碩壯的乳房辛苦地擠在一邊。暗紅色的乳暈，看來像是一種皮膚的腫炎一樣，因著不知道是汗水或是老金的口涎，發著溼潤的亮光。然後這裸的、侷促的乳像一面高塔一樣，向他倒塌下來。他恐慌地掙扎，而那乳房卻一直緩慢地倒壓下來。他的心因爲恐懼而急速地悸動。他拼命地呼吸，卻被濃郁的香蕉的氣味所窒息……

這樣的夢，算不算「固定」呢？他想。他於是又想起這樣的夢：他忿怒地——也不知爲了什麼，總之，他便是那麼樣地、異常生氣地在故鄉銅鑼的、乾涸的河床上奔跑。河床上的石頭堅硬、棘腳，被太陽晒得火燙。每次他的腳趾踢到石頭，都使他痛澈心肺。「啊唷喂我×你娘咧！」他夢中罵著。但他還是那麼生氣而執念地跑著，一心要跑出這荒蕪的、看似無邊的故鄉的河床。然而，整個河床卻只像輪盤一般，慢慢地轉動，使他耗盡力氣，就是怎麼也無法逃脫整個惡意而燠熱的、荒亂，而又令他羞恥的河床。

這樣的夢，在最近中，他是做了幾次。但於今他記起：在方才醒來的沉睡裡，兩個夢彷彿車輪一般一直反覆著。其實，他沉思著想，我的體質，從小，就是多夢的孩子。

「也沒有見過這麼多夢的孩子，」個子高大的養父，喝著溫過的酒，對那個他不知道要怎樣稱呼的女人，說，「每夜，咿咿哦哦，說個不息。」

他坐在桌邊，默默地只管一隻又一隻挾著醉紅的蝦子。

快升上小學三年級的那年，祖父和父母親到一個叫做松崗的山地去種夏蔬。就偏偏那年高山苦旱，而山下整年都沒有颱風、水澇，使得山下的菜蔬又多、又便宜。山上苦旱蟲多，投資的錢全虧損了還不夠，欠給山地人的地租和工資，都無法償還。祖父喝了農藥死在山澗的草叢中，被兩個山地人抬回來。父母和去時一樣，挑著農具和廚具下山，回到家，在幾個打街裡來的債主們的惡聲中，低聲下氣。

還沒滿十歲的當時的林德旺，便在那時成了一個債主的養子，抵了債務。

「好吧。到街上去住，吃的、用的，都比我們好喲。」母親說。

就這樣，幼年的林德旺，離開了家。

養父恰好也姓林。他身材魁偉。除了喝酒喝得酒酣的時候，他的聲音一貫洪亮、懾人。他是個單身漢。不一樣的女人，在養父家住過，又走了。他包娼、又包賭。家裡電視、冰箱、洋酒、洋菸，沒有一樣缺少。錢是隨時有的。不管在碗櫃的抽屜，或床頭的小盒子裡，又或者是養父滿屋子亂放的外衣褲口袋裡，全是綠色、紅色的鈔票。

在養家，吃的、用的，果然比生家好了極多。心情惡躁的時候，醉酒的時候，養父會用日本人用來打劍道的竹劍打他。打在身上，「喇！喇！」地響。與其是因爲痛，不如說是那「喇！喇！」的聲音使他駭怕。但比較好的營養，一點也不顧他幼年的，自悲身世的憂悒，使他老實不客氣地胖了，長高了。

養父沒有女人的時候，就會叫幼年的林德旺去跟他睡。第二天早上，一身白色衛生衣褲的養父便笑著說——

「×你娘，囝仔人，厚眠夢。咿咿哦哦，一暝講到光。」

他躺在養父那張柔軟，寬敞的床上，靜靜地想著在家裡，從沒聽人說他每夜都說夢話啊……

林德旺在養家不斷地長大。他對於生家的想望，也一年濃似一年。養父的管教，素來是無原則的。喝了酒以後，或者在女人的面前，或者和他獨處的時候，有時教他做人要講忠、孝、節、義，要正直、老實……有時候，養父又理直氣壯地教他「馬無野草不肥，人無橫財豈富」；教他人生在世，讀死書，走直路，都是大傻子……但唯獨不准他回去生家，不准他和生家的人接觸的這一條，卻是始終一樣的嚴厲。

「你去了試試，嗯，試試，」養父陰鷙地沉下一幅肅殺的臉來，說：「看我會不會把你殺了，一塊、一塊，掛在廚房裡。」

養父於是便呼呼、呼呼地笑了起來。

在養父不在家的時候，他常會在空曠的屋子裡，刻骨銘心地，想念著生家。早上上學的時候，看見從生家那邊開來的客運汽車，他會聚精會神地張望車裡的面孔。雖說幾年都不曾相見，他一直深信，那怕只匆匆的一瞥，他也認得出生家的任何一個人。有時候，他會在教室的窗外，看到一輛公路車子，在藍色的天光中，蜿蜒地走在遠處通往生家的公路上，愼愼地出神。但是他卻從來不曾有一個瞬間，怨恨過把他送了人的生家。

到了他上國中的時候，他的養父，人稱「烏狗添」的，突然被人用三尺來長的掃刀，削去一個肩膀，倒地死了。

他於是終於又回到生家來。

他的父母，依舊是童年記憶中那樣，被太陽晒得老黑的臉。母親老了許多，看來冷淡而愁苦。他的父親依舊健壯，只是髮腳白去了一片。這團聚絕不像渴想中那樣熱烈，反倒有些僵硬，有些悲哀，有些失望和叫人寂寞。

「國中，就讓他讀完吧。」爸爸想了很久，低聲地說，便又默默地抽起菸來。

這以後不久，他才理解到，幾個他的哥哥，有的在國中半途退學，有的根本就沒上國中。貧窮啊。大哥是一個零工集團的副手，一年有半年多在外頭轉。二哥在油漆行裡。三哥在農藥行搞小外務。四哥到外地學修車。他們參差不齊地回到家來，又參差著走了。生家是貧窮的、冷漠的。只有姊姊素香一直在他的身邊，以並不是極熱切的眼看著他，不時地伸出手給他。

「不管怎樣，德旺回來，可是帶了一點錢咧，」姊姊素香，在院子裡對母親說。

「他的哥哥們，也沒讀那麼高啊。」母親說。

「如果是他們想讀，能讀，我們不給他們去讀，就不對了。」姊姊素香說。

母親沉默著。

「只要考得上，就讓他上高中。」姊姊素香說。

這樣地，他成了兄弟中唯一上縣高中的孩子。

就是縣高中二那年，他病倒了。偶爾到三界宮去上香學法的姊姊素香，正式閉了關學法，極力主張送他到臺北的精神科去。

「即使這個阿姊，也不理解我。」林德旺低聲說，感到孤單而且悲傷。「其實，阿姊要我回去，那時候我就應該警覺到了。『我看，你還是回來的好。』她坐在那兒說，臉就是不朝著我這邊看。」

他覺得懊惱了。不是因爲他自己發現自己竟一個人在空屋子裡說著話，而是因爲他惱恨爲什麼沒有及早發現老金和陳經理他們早去說動了姊姊素香，共同參加他們反對他的計謀。

「回去有什麼好咧？」他謹慎地抬高他的聲音，彷彿深怕吵醒一個在沉睡中的人，卻又不能不高聲說話那樣，向著空中詢問：「我回到親父母家，有什麼好呢？你們不是連國中都不想讓我去讀的嗎？」

他忽然站了起來，走近床邊，踮著腳尖，在上鋪找到一個紅色的塑膠面盆，放在地上。他急忙站好一個適當的位置，解開褲鈕扣，對著面盆小便起來。一醒來就覺得異常尿脹的林德旺，在解開褲鈕的一刹那，就弄溼了褲襠。他鬆了一口氣似地，讓尿水不斷地，久久地，順暢地流出體外，一直到膀胱的壓力顯著減輕的時候，他對自己說：

「方才，說到哪呢？」他對空洞的房間問道。

他把大半盆的尿，小心翼翼地端到牆角。他覺得開心了一些。現在，林德旺開始穿襪子。他坐在床沿上，把他那瘦削而發黃的腳丫子，穿進一雙銅色的棉襪裡。他應該出去吃一點飯，他想。雖然他一點也不覺得饑餓，他已經拿定了主意，去吃一點飯，再補一點藥片回來。他把穿好襪子的雙腳穿進一雙雖然皮質不好，卻時常上過油的黑色的皮鞋。他從床上拿起 Rita 寄來的信，從頭到尾讀過一次，又工整地摺回去，裝進信封。他不知道他讀了什麼。他看來一點也不在意信中的消息。

「回去？回去有個什麼好呢？你告訴我好了，有什麼好呢？」他愁苦地，懇願似地，望著灰色的窗外，一個人說：「阿姊你雖然對我好，其實，到頭來，你還是趕我走了……」他沉默了。他想起姊姊素香說：「你要留在臺北，就不要再回家裡來」，感到錐心的苦痛，使他的眼眶盈溢著熱淚。「安怎你會這樣哩？」他用鼻塞、沙痖的聲音說，彷彿姊姊素香就在他的跟前站著一般。

他站了起來。他慢慢地走到窗口。他看見了前面樓房的後壁，在二樓和三樓酒家，有洋鐵皮做的中央系統空氣調節機送風的管子，錯落地盤在一起。穿著油污的白衣的，瘦小的廚子，在樓下後門口殺洗一整個木箱的魚和烏賊。自來水嘩啦、嘩啦地流著。烏賊的內臟把下半截水流染成淡淡的墨色。

「其實呢，哼，」他對著窗外灰色的牆壁說，「其實呢，有誰知道，我是誰家生的嗎？不要再騙人啦，唉！」他說，並且無奈地搖著頭，「我當然不屬於鄉下那個落後，不識字的地方，哈。」他沉思了一會，說：「I am different！」他終於說了一句生硬的英語，「I am, I am...」他說。

他又去打開塑膠布衣櫥，把一件鐵灰色的西裝外衣穿起來。

——走吧。出去吃一點飯。再買幾顆藥回來。

他想。無論如何，要度過這一關。他漫漠地想起少年時的那一場大病。恐懼、忿怒、悲傷、羞恥、失敗、沮喪、自己恨自己……這些又多、又強烈的感覺，像猛然從崩塌的鬼門關洶湧而出的惡鬼，向他喧嘩著撲來。他天天同這惡毒、陰狠的黑暗，力竭聲嘶地掙扎。直到有一天，一切都倏然靜止了。彷彿什麼都在忽然間過去了。他覺得什麼都再也傷害不了他。他像風，像空氣一樣地生活。醒來之後，他才知道自己到臺北住院，已經超過五個多月。

林德旺推門出去，走了一截幽暗的走廊，格登、格登地快步走下樓梯。天色開始陰暗起來。一陣涼風猛烈地吹來。他模糊地感到寒冷，把三個西裝外衣的扣子全扣好了。他忽然想起，上國中當童子軍，一位年輕的童子軍老師教過：長途行軍，要一會兒急行、一會兒漫步、一會兒快跑、一會兒緩跑，既不易疲倦，總行程的速度又快。想著、想著，林德旺認眞地沿著人行道急行起來。當他以童子軍教官的方法走過兩條街道，來到他經常買飯的地方，他已經在氣喘著了。他打開上衣鈕扣，手挿在腰上，站在「再來自助餐」門口。

「來，吃什麼？」

老闆娘笑著問。

林德旺笑了笑，微喘著氣。他沒說話。他環顧著店內，看見在日光燈下，幾個寄居在這塵埃滿天、叫人孤單而又憂戚的都市裡的單身漢，熱心地喫著鋁盤中的菜。老闆娘和她的女兒站在菜櫃台上，用一個大鋁杓子爲一個身材高大的老人舀菜。老人遲疑著決定不下要什麼菜。

「來點兒豬頭皮。」

老人說。

林德旺看見那不斷地在發胖的、店老闆的女兒，俐落地舀了半杓子用硝醃過的、切成細長條兒的、發紅的頭皮肉，倒進老人的鋁盤上。但他定睛一看，頓時間整個人都嚇僵住了。他看見那些粉紅色的豬頭皮中，竟而摻雜著人的耳朵和指頭。林德旺並且逐漸看清楚了，凡是有肉的菜，例如獅子頭、炒鷄丁、紅燒肉、咖哩牛肉、炸香腸……其中莫不躲藏著人的頭皮、指甲、脛骨、甚至於人的生殖器。

「來呀，少年，」老闆娘一邊爲別人舀菜，一邊對著站在門口的林德旺說：「今天，喫點什麼？」

林德旺看見每一個人都裝著一點也不知情似地，把人的指頭和肚皮肉，送進嘴裡喫著。他的心快速地悸動起來了。他抬起頭來，看見老闆娘正筆直地望著他，猙獰地笑著。

「喫晚飯。」老闆娘說：「今天的湯，是冬瓜排骨。下了很多薑絲，你最喜歡的。」

他向她點點頭，然後轉身緩慢地走開。他聽見自己的心在胸口骨突、骨突地撞打著胸腔。他的兩手發冷。走過店面，他突然拔腿奔跑起來，一口氣跑過半條街道，迅速地走進一條車水馬龍的大路上。現在他沿著櫛比五六家皮鞋店的走廊，一邊喘著大氣，一邊恐懼、生氣、悲愁地走著。爲了害怕那個老闆娘，害怕被她殺了做菜，每一個人，林德旺想著，每一個人，都互相欺詐，裝著若無其事的樣子，把人的筋、骨、肉、皮，當做豬肉、鷄肉吃掉，他想著。只爲了保全自己，就不惜欺誑著別人和自己——每一個人都明知自己在欺誑著別人和自己——而不去說破，吃著同類的肉，啃著同類的骨，喝著同類的血……卻沒有一個人敢起來舉發那人肉黑店的眞情，打殺了那長著一身白得像用蠟去做成的白肉的，終日油膩膩的老闆娘。

「這懦弱的、說謊的……」他說，「這懦弱的，說謊的人……」

他把雙手在背後交握著，匆促地、氣忿地走著。現在天色已經暗下來了，故而使滿街的霓虹燈廣告和店裡的日光燈，益爲輝煌了。這白天看起來疲倦、多灰塵，而且混亂無體的都市，如今在五顏六色的燈光下，像濃濃地化過了粧，倚在燈下門口的女人一般，日夜判若兩人。

「這懦弱、不敢說眞話的人間，」他喃喃地說，忿怒難平：「這懦弱、不敢說出眞話的世界！」

他終於在不知不覺間走過一個社區的小小的公園，看見一個倒掛著白色塑膠小水缸，裡頭點著電燈，水缸上用紅色的油漆歪歪斜斜地寫著：「素食」的小喫攤。他走了過去，心中有些高興了。他指定把豆芽、豆皮、香菇和龍鬚菜炒在一起，叫了一碗飯。

「湯呢？」

素食攤的老闆說。

「嗯，」他說，「青菜湯，什麼都行。」

他隨手打開桌上的一份報，感覺到報紙和桌面上都有一層稀薄的灰塵。他無意間在分類廣告版上，看到一個一寸四方的、鑲著黑邊的英文廣告：

MARKETING MANAGER

A world renowned, U. S. based multinational operation, engaging in manufacturing of pharmaceutical products in Taiwan, is searching for a Marketing Manager to handle whole marketing functions of its expanding office in Taipei...

林德旺被黑體大號字的 Manager 所深深地吸引了。然後，因爲「旁聽」過「香港」劉福金幾堂課，他立刻明白了 Marketing Manager 就是「行銷經理」。他滿懷著愉快、尊敬的心情，注視著粗黑的、橫排的英文字：Marketing Manager。他然後開始讀黑框子裡的廣告文。他專心、仔細、端莊地去認每一個他已經認得和不認得的英文字。他雖然來回讀著、研究著，然而由於英文程度，他自然是不了解這廣告的意義：徵企劃經理。某世界著名、設總公司於美國、在臺灣從事西藥產品生產之多國籍公司，茲徵求行銷部經理，以掌理公司設在臺北、正在不斷擴大的企劃部門……廣告上還說：應徵者英文要說、寫俱優，有工商管理碩士學位——由美國大學授與者尤佳，且在外商公司行銷部或相關部門工作四年以上，尤其對促銷性企劃作業及策略有專長者，優先考慮。待遇優渥，配車，並享有不時送赴國外參加管理科技訓練之機會……

對於林德旺，Manager 像是一個神奇的咒語。自從他進入美商臺灣莫飛穆國際公司不久，他先是崇拜 Manager。只要是 Manager 要他辦的事，公事固無論矣，即使是私事——例如幫 Manager 到銀行領錢；打電話叫修車行的人來修 Manager 的車子；送錢給在西門町等著的 Manager 的太太……他都特別賣力，而在辦完以後，奇怪地感到特別的光榮。他崇拜中年以上的 Manager，因爲他們看來幹練，有威儀。他也崇拜年輕的Manager，因爲他們看來英俊、聰明、瀟洒。他崇拜Manager們一口一手流利的英語。每次布契曼先生紆尊降貴地到一個Manager的房裡，同Manager咕嚕咕嚕地講「蕃話」，而他適巧又在門口經過，或者在門口辦事時，他總要有意無意地徘徊片刻，聽著那神奇的語言。經過了一年、兩年，林德旺不知不覺地把Manager當做了人生至高無上的光榮，並且進一步把努力工作，看準公司派系，爭取自己也有朝一日當上Manager，做爲他畢生奮鬥的目標。他的姊姊素香留下一個紅包，把他趕出故鄉以後，林德旺更是含悲茹忿，發憤工作，緊跟陳家齊，深深地相信陳家齊把他升起來當業務部下一個Manager的日子，一定會來到。

現在，這個魔術一般的英文字——Manager；這個黃金、寶藏一般的觀念——「經理」；這個神奇的發音——「馬內夾」，在林德旺逐漸狂亂起來的心智中，發生了咒語似的效用。他感覺到他的心神迅速地穩定下來了。一切最近以來在他的心中激烈地激湧、出沒的令他痛苦、傷害、恥辱、仇恨和驚駭的情感和聲音，逐漸沉靜了下來。他感到舒暢而快樂。多麼美妙！他激動地想著，陳家齊、金老闆、Lolitta，那個嬌嬈的惡魔女。還有，那令他依戀、又令他氣恨的姊姊素香，都與我無關了啊！他想著。

「你們，呵呵，再也壓制不了我了，」他突然對著攤開的報紙說，「你們，再也不能反對我了……」

那上了年紀的、瘦削的素食攤子老闆，把一大盤炒好的蔬菜端在他的跟前，躊躇著不知道該把盤子放在被攤開的報紙佔去三分之二的桌面的什麼地方。

「先生……」老闆說。

「沒有關係，」他抬起頭來，眼中充滿著希望的亮光。他霍地收起報紙，讓人把菜和一碗白飯擱在桌上。「沒有關係啦，這世間還有那麼多的Manager等待著有能力的人去做咧。」他喃喃地說，又把滿滿兩個全版的分類廣告攤開。他聚精會神地在廣告版上尋找著。一個電腦公司在徵業務經理。

「SALES MANAGER」，他謹慎地讀出聲音來，「這個位置也是我的。」

他然後又看到一個小小的英文廣告：LIASON MANAGER WANTED。一個美國採購公司要在臺灣設一個位置，請人在臺灣搞聯絡工作，並且驗貨出口。可惜的是林德旺看不懂LIASON這個字，但MANAGER這個字，他是十分有把握的。他把報紙細心地摺好，插在他的西裝外套的內口袋。他機械地端起白飯，胡亂喫著。

「一天就有三個地方要Manager，」他一邊挾菜，一邊說，「這，分明是帝君爺的指示……」

他被自己的最後一句話嚇了一跳。他把咀嚼著的嘴停止了片刻，捉摸著那句話的意思。他放下了筷子，掏出一張百元鈔付帳。

「找你四十五元。」老人說。

「好的。」

他說。他匆匆地又穿過那小小的公園。天色整個地暗下來了。一對情侶，在微寒的風中，坐在公園的石椅子上無言地依偎著。他踩著差不多是輕快的步子，往來過的路上走著。他走過一個短短的天橋，在一條於夜間尤其地顯得鬧熱的大衢上，他找到一個報攤子，買了兩份不同的報紙。而後他急忙找路走回他在天水路小巷裡那簡陋而破舊的單身公寓，顯然把買藥的事全都忘卻了。

5 小天使

兩個禮拜以後的一個星期日的近午時刻，善良的、虔誠的Rita劉，在信義路上的一個教堂裡做完了禮拜，和站在禮拜堂門口的身材壯碩，笑口常開的牧師寒暄了幾句話，然後在教堂的小院子發動她那鮮紅色的，牌名叫「小天使」的小機車。馬達「蹦蹦、蹦蹦」地響了。她從她那小本的、舊了的聖經裡，找到一張紙條。紙條上是她自己寫下來的，林德旺的地址。她坐上她的「小天使」，開出教堂的小院子。

「平安，陳執事……」

她笑著向路邊的中年紳士說。對方的臉龐，立時水中漣漪一般地漾開一朵善良、溫暖，誠心誠意的笑容。

「平安哦！」他說。

從昨天晚上開始，來了今年第一個寒流。整個天空都是鈍重的灰色。後來又陸續給林德旺寫了兩封信，卻一直沒有他的消息。到底發生了什麼事呢？她想著。離開林德旺的住處——在這個臺灣首善的都市裡的另外一個區域，還很有一段路途。所好的，在假日裡，大部分的車子都離開了這城市，使路上的車子少去了很多。她想起約莫十年前吧，她和瓊一道騎著單車，在臺中，那個當時又乾淨，又安寧的都市的，夾著蒼翠而又吐著火紅的花信的鳳凰木的街道上，去探訪教會裡中學團契的契友。她相信了基督，就是瓊，她少女時代最貼心的朋友，帶領的。瓊的個子高挑，皮膚雖然黑些，但豐潤而細緻。然而黑了一些的瓊的皮膚，使她的大而明媚的眼睛，顯得格外地大而明媚；使她的沃腴的少女的嘴唇，顯得分外地腴沃。瓊的功課好，始終同她輪番拿班上第一名。那時候，瓊是多麼美麗、純潔，在她們相識的那個專租給女中學生的公寓裡，她們跪在深夜的床邊，親愛地、熱切地、同時向著那位在她們的心中留著葡萄顏色的髮鬚，英俊、憂愁而溫柔、親切的耶穌．基督，切切地傾訴著她們共同的嚮慕。「主啊，哦，我主，求祢讓我更愛祢，愛祢更深……」她聽見瓊殷切地說。那聲音是那樣地溫柔，那樣地婉轉，她不覺睜開眼睛，看見跪在隔壁的瓊，把相握著的自己的雙手，緊緊地靠在她那柔軟而飽滿的胸前。低著頭的瓊的臉，在寢室的日光燈下，微微地泛著幸福的、信賴的和順從的紅暈。她的長長的，向上約略地捲起的睫毛，深深地閉著。「主啲，求祢使我的心靈和身體，都像雪那麼聖潔，」瓊呢喃著說，「讓我以潔淨的身心，跟隨祢。」

——主啊。

Rita在回憶中嘆息了。那時的瓊，是怎樣地發散著連女性也難於不動心的那種魅力啊。這種魅力，又和她的熱切的、宗教的聖潔，揉合而成獨特的蠱惑。好幾次，**Rita**看見團契裡的男生或者女生，在前來探訪的瓊的面前，溫順地低下頭。「主啲，求祢堅固我們的信心，釋放我們，讓我們爲團契心裡火熱。」瓊拉著那個幾個禮拜不曾來聚會了的女生的手，低垂著頭，輕柔地說。

即使到現在，Rita的祈禱中，不時地提起那美麗的、溫婉的瓊。「主啊，她在那裡呢？」她會說：「祢說祢不讓一個靈魂失喪。主喲，只要祢肯，祢會使祢的女兒快快回頭。哦，主……」

她在中華路的平交道停下來，等待不知道是南來、還是北去的火車。過了這個平交道，就是林德旺居住的延平區。她又從口袋裡摸出那張小字條。公司裡那麼多人，就數林德旺最肯接她的福音單張。每次接過單子，林德旺總是說：

「謝謝。」

他的微微下斜的眉毛的笑臉，使他的表情看來有一種善意的無奈。

「帶回去，要看哦。」Rita說。

「看。看的。」他說。

「來做禮拜好嗎？」

「下一次吧，」他總是說，仰著頭笑。「下一次吧。」他說，「Rita，全公司，數你最好了，我看。」

她微笑著，把眼睛收回打字機上。她於是又「嘀嘀、答答」地打起字來。「全公司，數你最好了。」Rita的耳中殘留著林德旺無邪的聲音。但是她知道，所謂最好，是面貌和身材平庸，不施脂粉，不穿花俏、新潮的衣服。但是，感謝主，她想，上主給我這容貌，除了上主，我還討誰的喜愛呢？

「我只願意討耶穌・基督的喜愛。」

每一次，當她忍不住貪婪地看著同寢室的瓊的美麗、嬈柔的側臉，而不可自抑地誇讚瓊的美貌時，瓊總是這樣，或者類乎這樣地說。

一列火車轟隆、轟隆地，通過她面前的平交道。她轉動了油門，隨著雜沓的公車和計程車，緩慢地通過平交道。大學放榜之後，她們被分發到同在這個城市的兩所不同的院校。然而，感謝主啊，她們畢竟還共同屬於一個大專團契。她和瓊，每個禮拜有好幾次相聚：唱詩、讀經、祈禱。她幾乎覺得，上帝是爲了有一個人去衷心地欣賞瓊，而讓她生下來的。如果這就是她的角色，那時候她常這麼想，那麼，她眞是最適宜扮演這角色的人。她一百個願意以她平庸的面貌，去襯托出瓊的美貌；以不相上下的心智，去理解和傾聽瓊的內心最幽隱的思想和情感；以在主耶穌・基督裡面的姊妹深情，讓瓊在需要愛人的時候，由她愛；在需要被關愛的時候，第一個去愛她。

然而，瓊啊，上了大學後不久，你就開始起變化了。她想著。她把車速放得更慢了，因爲，雖然在臺北一住就快十年，過了鐵路的臺北的這個區域，她是極少來過的。她必需慢慢的騎，好一邊看門牌找路。怎麼也沒想到，竟有這樣的一天，在前一夜爲了瓊流著眼淚祈禱，第二天出門前又祈禱之後，她騎了她的電單車，去探訪已經月餘不曾在教會和團契露面的瓊。

「啊，你！」

開了門，瓊的整個臉，就像一朶鮮美的花那麼樣地笑開了。「啊，你呀！」瓊歡笑著說。即使到晚上，她猶原記得瓊的眼中那樣地閃耀著的友情的快樂。上了大學以後，不知何以故，瓊的皮膚轉白了些，使她的肌膚變成一種粉粉的棕色，看起來像一片迷霧一般。那麼樣地迷人啊……

她走進門，看見瓊的桌子上，堆放著一大堆書本，大部分是英文的。她的眼淚，忽而說不清楚是爲了什麼地，流下她的面頰。瓊默默地遞給她一條綠色的手帕，拍拍了她的肩。雖然沒有說話，彷彿瓊卻深深地了解那使她流淚的，她自己也說不清楚是爲了什麼的原由。她看著瓊，帶著眼淚、無聲地笑了。

「坐吧。」

瓊終於說。

她們坐在瓊的桌旁。她隨手挑了一本中文書。《變動社會中的教會》，她在心中讀著那書名。這就是瓊了，他想。在女中的時候，讀教科書，考試，她們在伯仲之際。但她知道，讀課外書，她就不及瓊遠甚了。那麼忙的女中生活，瓊在領導繁忙的教會青年工作之餘，還有時間看《查拉圖斯特拉如是說》（即使只這書名，也花了她一點工夫才記得啊），《柏拉圖對話錄》……那些書。

「很忙，」她笨拙地說，「是不是？」

瓊用她那明亮的眼睛，深深地望著她。那明確的雙眼皮，鑲著比少女時代更為濃厚的睫毛，至今想來，都還栩栩地在她的眼前安靜地眨動著。

「一個禮拜一次的主日，來一下，比較好。」

她說著，眼淚順著她的鼻沿流下。她笑著，用瓊的綠色的手絹擦去淚痕。沉默了一會，她邀瓊一道祈禱。

瓊說。

「好的。」

她在祈禱中幾次泣不成聲。在那之前，在那之後，她一向並不是一個很容易落淚的那種女孩。她哭，如今想來，怕是向上主傾訴：教會裡，團契中，少去了瓊，是多麼的寂寞，多麼的空虛……

「不要爲我擔心。」

瓊安詳地注視著她小心地把眼淚擦拭乾淨。上主一定不是要我們只做個什麼事都不懂，只會問他要棒棒糖的那種乖寶寶，瓊說，許多無神論者都視爲滔天的罪行的，教會卻噤默不語……瓊悲戚地說：

「許多世上的苦難，是我們這兒的教會和信徒所完全不理解的。」

離開的時候，瓊陪著她走出那一條彎曲的小路。那是信義路五段罷。在城市的最邊境，整落青蔥的山，就彷彿在眼前陡起。上了大路，瓊站在那兒，看著她踩著單車走遠。這以後不久，就聽說了瓊輟了學，改宗天主教。又不久，人說她立志要當修女。她畢業以後，又聽說她開始了漫長的修女的修業行程，到羅馬去了。進入莫飛穆國際公司的那一年，她收到瓊從玻利維亞寄來的聖誕卡，從此全沒了音訊，只剩下那天離開瓊的住處時瓊送給了她，而她卻一直不曾讀過的一本書：CHURCH AND ASIAN PEOPLE.

她終於找到了林德旺的住處的門牌。她沿著於今已不多見的，破敗的木梯登上四樓。每一樓都住著好幾家人。從敞開的門裡，她看見有些婦女在用機器織毛線，有些人在做午餐。在那陰暗的天地裡，小孩子們仍然興高采烈地玩耍。在四樓的梯口，她看見一個小女孩坐在小凳上，趴在長條椅上寫功課。

「請問，」她說，「林德旺先生住哪？」

小女孩抬起頭，想了想。

「媽！」小女孩說，「媽，有人來。」

她把問題向一個乳著嬰兒的婦女重複了一次。

「你是，」女人說，「他的什麼人？」

「同事。」她說。

「他，不行了。」女人皺著眉說。

「什麼！」

她幾乎驚叫起來。

「不行了，」女人說，用食指指著自己的腦子。

「噢。」

「沒日沒夜，整天在房子裡跟自己說話，」女人說，一邊引她走著幽暗的走道，「起初，白天裡大聲講，夜裡，他還知道細聲講。到後來，夜裡說話的聲音，跟白天一樣大！」

女人在一個房門口停了下來。她輕輕地敲門。兩人屏息地聽著。

「也許不在。」女人換了一個手抱嬰兒。她看見了女人把整個裸露的乳房塞進衣服裡，又掏出另一隻，送進嬰兒的嘴中。女人把房門推開，向裡頭探望。

「沒人，」女人說，「滿間屋子，怎麼全是報紙……」

她走進林德旺的房中。她看見牆上，上下鋪的木頭柱子上，窗子上，貼滿了用紅筆劃過、圈過的剪報。她仔細地看了一下，才知道是中、英文報紙剪下來的徵人啓事。PLANT MANAGER WANTED……一張離她最近的剪報上要徵廠長。地上和椅子上、桌子上，都是開了剪口的報紙。她站在屋子裡，慢慢地發現在每一個MANAGER的字的下面，都畫著一道至三道殷紅的、血也似的粗線。她無法理解這些剪報的意義，但她從來不知道林德旺一直住在這樣一個破舊、陰暗、飄著腐味的地方。

「主啊！」她的內心憂愁、驚異地喊著。她說：

「他這樣子，多久了呢？」

「一個人說話嗎？」女人問。

「嗯。」

「久囉，」女人嘆息了。「後來幾天，他像是在講英語咧。咕嚕咕嚕，『馬內夾』；咕嚕咕嚕，『馬內夾』，」女人說：「沒有多久，反正就有一句『馬內夾』——誰知道他在說什麼。」

她也不能理解經過了那女人訛音以後的「馬內夾」，畢竟是什麼意義。她想起每次總是有禮地接過她的福音單張的林德旺的笑臉。

「主啊……」

她嘆息著說。

「你說什麼？」

女人說。這時嬰兒突然吐掉奶頭，哼了幾聲，接著就以裂帛一般的聲音哭了起來。那聲音雖然刺耳，卻叫人感覺到這貧窮人家的嬰兒是多麼的健朗。

「一定是個男孩子。」

她溫柔地注視著張大了嘴放聲哭叫的嬰兒，微笑著說。

女人大幅度地搖著嬰兒，對著嬰兒，唱歌也似地說：

「哦哦——，是男的啦——，有什麼用——，壞死了哦——」

女人抱著嬰兒，這樣吟哦著走開了，把她一個人留在林德旺的房間裡。她走到床舖，把舖在床上的一堆滿是剪口的新的和舊的報紙移開，猶豫了片刻，在床沿坐下。突然間，她看見三封她寄出來的信，整齊地擺在污穢不堪的枕頭邊。她拿著這三封信，發覺除了第一封，其他的兩封，卻一直不曾打開過。她知道，其中有一封說，因爲陳經理發覺他請長假不高興，希望林德旺快些銷假上班。最後一封信則是經過布契曼先生親自簽名的英文信：林德旺逾假不歸，應予撤職。爲了怕林德旺不懂，陳經理還特地請她附上中文譯本，和一張半個多月薪水六千三百元的支票。她把那三封信重又擺了回去，一回頭，才在下舖的頂上發現了一張畫像。

「帝君太子林德旺繪像。」

畫像的一邊，這樣地寫著一行敬謹的字。她認得那確實是林德旺的字。林德旺能畫一點畫。公司機械部員工福利會一些活動的布告，有幾張是央他畫的。要釣魚旅行，林德旺會畫一個人背著一條比人大兩、三倍的魚。要合唱練習，林德旺就畫四個人張著大嘴，音符飛得滿紙。要攝影比賽，林德旺就畫一個人在一頭拍照，另外一個被拍的人裝模做樣地站在樹下，卻不知道樹上的一隻小鳥屙了一泡鳥糞，正在半空中往下掉……她仔細地端詳著這畫像：一個年輕人正面坐在像是太師椅那種椅子上。西裝、領帶的服裝。那臉，除了微微向著兩邊的眉毛，是一點也沒有林德旺的模樣。頭部的後面，有一個圓的光圈。順著光圈的弧度，寫著幾個英文字母。再定睛看，赫然是 MANAGER 這個咒語一般的字。

她把極度仰視的頭垂下來。她的心中充滿著悲楚。她想祈禱。她於是坐直了身，低下了頭。

「哦主，我的上主，哦，主喲……」她喃喃地說。她不知道要說什麼，因爲她完全無法理解那只憑著感覺去發現到的，林德旺的整個悲苦的內涵。她的兩相緊握的、祈禱的手在發冷。她的胸口被悶熱的什麼堵著。「哦，主喲，」她呻吟著不住地重複，「我的上主，慈悲的天父……」她想哭，讓淚水洗淨她的悒悶和酸楚，但她只覺得眼熱，淚水卻怎麼也流不出來。「主啊，憐憫我們罷……」她哀求似地說。

她默默地坐在床沿。她聽見嬰兒在隔壁不知道爲了什麼，忿恨地哭著。她知道這是她少有的，沒有交通，不蒙上主垂聽的祈禱。必定有什麼不對。她想，她忽然想起了瓊的話——

「許多世上的苦難，是我們這兒的教會和信徒所完全不理解的。」

她起身走出房間，把門輕輕地扣上。當她走向樓梯時，那趴在長條椅上寫功課的女孩子忽然說：

「阿姨再見！」

「噢！」她喫驚地說，「再見。」

這時候，她的眼淚忽然掛了下來了。

「瓊，你在那裡？」她喃喃地說著。幾年來，她從不曾像現在這樣心痛地想念過瓊。

「瓊……你，在那裡，呢？……」

她抽搐地想著，睜大模糊的淚眼，撿著陰暗的梯階，一步一步走了下去。

6　彼德・杜拉卡

臺灣莫飛穆國際公司，在密集而周全的準備之後，終於在十二月十五日起，在一家臺北著名的國際性K大飯店裡，開始了前後四天的會議。從大學一直到研究所的求學階段中，一向都是優等生的劉福金，配合幹練而長於組織和行動的陳家齊，挑起沉重而複雜的籌劃和執行的工作。劉福金的「優等生」根性，使他把這四天的會議，鉅細靡遺地，用英文寫下他的日誌和一些個人的心得。

以下是他的日誌的中文翻譯。

十二月十五日

上午十一點四十分左右，全部與會的人員，都完成了Check-in手續，住進飯店裡了。東京的莫飛穆遠東區總部人員和兩位客座講員，都住九樓的大套房；莫飛穆遠東區行銷部長Mr. F. G. McMurry住九〇五，業務促銷部長，日本籍的宮澤幸夫（Mr. Miazawa, Sachio）住九〇七。客座講員，密契根大學商學院的Alpert教授和南加大學的行銷學教授Blackwell，原計劃分別住九〇九和九一一，但是臨時應宮澤先生的要求，向飯店交涉，改住九〇四和九〇六，以便他們可以對門而居，會後彼此協商，也方便些。

其他與會的莫飛穆遠東各國分支機構的代表，全部住八樓，每人一間小套房，一共佔去了十七間房間。他們全是在莫飛穆亞洲大家庭活躍著的行銷、業務部門管理人員。日本來了四位，其中川田先生不久前曾經因公來過臺灣，這次重逢，他開心地認出我來。「Hello, H. K., we meet again.」他說。其他三位都年輕，三十出頭，但英文沒有川田好。韓國來了三位，其中帶頭的文先生比較風趣、隨和，其餘兩位看起來年輕而拘謹。香港來了兩位，Eddie石先生，公司裡的人稱他爲Stone，長得白皙、富泰，戴著金絲眼鏡，六十出頭了，英文和北平話都講得很道地，在業務上，管得布契曼先生和陳家齊，因爲他是遠東區下來東南亞小區的Reginal Manager。早聽說此人像一隻外表斯文的老虎，有中國商人的圓滑，有外國高層管理者的鋒利和聰明。另外一個，一看就知道是個香港養大的年輕人；衣著整齊，頭髮長而不亂，看起來認眞而有效率，只說英腔英語和廣東話。菲律賓來了兩個，臉色黑暗，但眼睛明亮。他們隨和、開心，英文流利，好奇心重，一副很擅長社交的樣子，幾聲Hai就跟大夥兒搞熟了。印尼來一個，中等身材，皮膚黑，但沒有菲律賓人那種美麗的雙眼皮。陳家齊說，菲律賓人在歷史上有西班牙人的血統。泰國的Mr. Sulabong先生，聽說和皇室有些遠親關係。他看來像臺灣南部鄉下的年輕人，只是鼻子寬厚，個子比較矮小。

爲了表現地主公司的謙讓，臺灣莫飛穆的四人（老闆除外）住進沒有窗子的兩間，每間兩人。

九樓的大套房面積比八樓大了約兩倍，除了寬敞的臥室，各有一個小會客室。沙發、茶几俱全。九樓的人，即使連宮澤也對每個房間裡的日本式插花讚不絕口。「沒有想像過，在臺灣也能看見這麼好的 floral arrangement（我從來不知道『插花』的英文是這麼說的），這不是很妙嗎？」Mr. McMurry 連聲誇讚，「Isn't that fantastic？」Mr. McMurry 一頭銀髮，瘦高個、鼻子跟前留的鬍髭卻是深咖啡色的，又密又鬈，令人懷疑是不是貼上去的假玩意。

八樓、九樓窗帘顏色不同。八樓是墨綠色，拉開來，可以看到淡黃色的、樹葉搖落淨盡的樹林的圖案。地毯是淺棕色。據房間部經理說，全是進口貨。九樓的窗帘更美：厚厚的呢絨，深咖啡色的底子，底邊是兩尺多高的蛋殼色蘆葦的影子，配合暗黃色的地毯，厚重的傢俱，和溫暖的鎢絲燈，整個房間充滿著現代、富裕和安適、高貴的情調。

我是農家出身。父親是個公務員。我從來沒有見識過這樣的場面。從今天開始，我要在這樣一個國際性的環境中，接連四天，生活和工作。

記得讀研究所的時候，曾讀到哈佛大學一位教授寫的文章。文章說，現代多國籍公司的高層管理者，很多是出身寒微，也不是著名的「長春藤」大學畢業生，或者美國東部世家出身的一族。那文章的主旨是在說明多國籍（公司的）管理（multinational management）的民主性格。當時讀來並沒有什麼實感。現在回味起來，自是不同。

十二點二十分在飯店內「香榭廳」午餐，飯店用美麗的屏風圍住了大半個香榭廳供我們使用。貴賓席的一排，感謝飯店方面的細心，等距地插著今天與會代表各國的小旗。依次是：美國、日本、大韓民國、中華民國、英國（香港）、菲律賓、泰國和印尼。在這一排座席上，從右起是布契曼先生、宮澤先生、McMurry先生、Alpert教授和Blackwell教授。和這排座席兩端垂直地排著各分公司代表的位置。我和陳家齊分別坐在兩邊的末位。

在歡欣的掌聲中，布契曼先生首先起來致歡迎詞。在東京來的兩位頂頭上司前面，布契曼先生看起來討好、隨和而謙虛。他說，這麼盛大的occation不止具有國際莫飛穆劃時代的意義——因爲，做爲國際性的政策，莫飛穆已從單純的貿易，向著行銷和促銷挺進——對於臺灣莫飛穆，也是一項殊榮。布契曼先生舉杯歡迎全體與會人員之後，便指定陳家齊起來報告四天會期中的作息計劃。

陳家齊簡單的報告了作息結構：七點五十分起床，由我負責打電話到每一個房間叫醒大家。早餐從八點十分到八點四十分，四天中一律到「香榭廳」來用餐，因爲每人一份，可以隨到隨用。九點鐘開始會議，在四樓的國際廳。十二點十分中餐，四天安排不同的地方。詳情如會議手册。十二點四十分到一點四十分午睡，不午睡的同事可以在飯店附近遊覽參觀，有關飯店附近的街道和去處，有一張地圖，附在報到的資料袋中。下午兩點到六點開會。六點二十分 dinner party。八點二十分以後「自由活動」。

「有什麼人有任何問題，找 H. K.，」陳家齊說，「他負責隨時爲大家解決問題。」

我起立點頭示意，不料招來一陣掌聲。

接著，布契曼先生起來介紹貴賓。掌聲甫息，布契曼先生要我簡單介紹東亞分公司各與會代表。

午餐是海鮮全餐。每個人一隻龍蝦。此外有乳酪鱈魚、義大利焙蟹，炸鱒魚和一碟鮮美無比的魚子醬。酒是 CHIVAS REGAL 威士忌。

（以上中餐後所記。現在我在我的房間中準備整理下午的講義，以便開會時分發。房中有適宜的暖氣，如置身帝王家。）

一點鐘。我先到會場，一切令人滿意。講台上用普利龍做成的大幅英文字：MARKETING COMMUNICATION IN MARKETING MANAGEMENT。深藍底板，雪白的立體印刷體字，又氣派，又高雅。講台上一盆西式盆花，血紅的玫瑰半球。每一張桌子一杯高雅的咖啡杯，一份下午開會用文件。

第一節是Blackwell教授擔任的「行銷工作的外在環境」（The External Environment for Marketing）。

行銷工作的外在環境因素，往往是行銷管理者在不同程度上難於掌握的。這些企業自身所難於掌握的因素包括：

一、消費者的需求；二、同行的競爭；三、商事法規；四、中盤和零售商的結構，以及五、廣告媒體。

行銷管理者應該有這個現實主義的認識：在某一個程度外，企業是怎麼也無法操縱需求的。購買的行爲，和商品本身、包裝、價格、銷售手段，零售布局和服務等因素，有微妙的關係。Blackwell所論的重點，毋寧在於先認識到「需求」是「難於操縱」的因素，並在這個基本認識的基礎上，去管理消費者的「需求」吧。

競爭同業的策略等等，一方面是企業所無法控制，同時又絕不可忽略。因此，先要「知己知彼」，加以因應。

特別是在美國和日本，消費者保護的聲浪很高，相應的保護性立法繁複而苛刻。

在這些地方，不考慮行銷上的法律限制，就會鑄成企業的慘劇。「其他東亞、東南亞國家要好得多。」Blackwell笑著說，「這就是爲什麼我們特別喜歡（love）這些國家。」（笑聲）

中盤、零售體系是獨立商人，公司當然無法加以駕馭。先深入理解，然後愼重選擇，這些中盤和零售體系，使我們的產品能流暢地送到消費者手中。

廣告媒體也不屬於製造業者，無法加以操縱。理解、分析進而選擇最適當的媒體，成了行銷管理工作的一個重點。

第二節是宮澤的「促銷計劃的規劃與策略」。

宮澤的英文出奇地流暢，雖然發音有一點兒生硬，但是比起印象中的日本英語，好得太多了。事實上，由於他長年的國際管理生活之訓練，他的英文比今天與會的任何東亞代表流暢而優雅。他的敍述十分扼要而生動，主要是因爲他準備了一套詳細、有綱有領的幻燈片，來做輔助說明，也是一大因素。

宮澤的「促銷計劃的形成」論，分成五大部分。即（市場）情境分析，包括對一個市場中文化、社會之與我產品有關者之研究與調查；消費者相關的需求、競爭品的研究與調查；相關法律的研究，以及公司內部條件的分析（財務、生產能、人員組成等）。情境分析，應該以清晰的語言，可以計量的數字，總結地指出爲了使某產品上市，是否應該要提高消費者對該產品的認識，要不要重點試銷，要不要設計一套方法改造消費者的某些觀念等等問題，並做了深入的討論。

第二個階段是設定促銷的目標。這包括界定目標市場；搞清楚產品主要和次要的訴求對象；分析和研究這些對象心理、經濟收入、觀念、好惡等條件，配合產品特、優點，完成傳播訊息的內容，要之即廣告、促銷時我們要傳播的具體內容。

第三個階段是決定銷售活動所需的預算。（略）

第四個階段是銷售管理項目的釐訂。這包括一、廣告管理，即媒體資源的分析與研究；媒體的選擇；廣告傳播內容的決定等等。二、業務代表的訓練、激勵辦法和組織運用；三、零售商分析、獎勵、業績追蹤與調整。

第五個階段是全計劃的定期評估、調整。評估與追蹤應該分成每週、每月、每季、每年，隨時分析研究，以高度機動性調整全盤戰略，務求企業目標：利潤的達成。

評論：宮澤和 Blackwell 教授一樣，強調了行銷作業對操縱社會需求的有限性。但這有限性的認識，卻更加發展成爲一套周密、強大行銷、促銷（Marketing-Promotion）的網罟，相對於消費者的分散、無意識，企業的智慧與力量，實莫之能禦！

四點半開始，還是宮澤主持的銷售計劃個案研究。

宮澤現身說法，把他自己約莫距今十年前在日本一家銷售公司的經驗，拿來當個案向大家講解。

當時負責銷售的宮澤，擔當了一項美國進口到日本專門餵貓用的營養貓食。產品名叫做CATIVITE。六〇年代末，是日本經濟繁榮成熟時代，日本人也和西歐人一樣，愛貓、愛狗的人口劇增，寵物食品在日本的市場不斷在增加。CATIVITE是由美國一家極有名的人用維他命劑製造公司生產的，特點是維他命含量和成分俱佳。因此，在做銷售目標研究時，宮澤決定強調它的營養性，理由之一，是該美國廠商出品的人用維他命，在日本市場中幾乎家喻戶曉。

在這政策下，廣告、海報，挨戶銷售計劃全做好了。執行結果，速度雖然慢了些，但是頗能達成預定的銷售目標。

「我家內人也愛貓，自然地也使用CATIVITE。不過，雖然是銷售經理，我還是規規矩矩一罐罐買回去，絕不是揩油的。」宮澤說，惹得大家笑了起來。

結果呢？宮澤發現不但貓長胖了，毛光澤了，而且每次看見貓在吃CATIVITE時，彷佛牠都非常「享受」。「內人也發現CATIVITE如果不放好，常常會被貓拖走，並且要千方百計抓破厚紙盒包裝，企圖自己倒出來吃。」宮澤說：「我恍然感悟，這東西好吃！」

第二天，他馬上叫公司安排了一項試驗，目的在比較貓對CATIVITE和其他坊間重要競爭品（含有維他命的貓食）的嗜好研究。

結果，兩個月下來，結論是貓對CATIVITE和其他產品嗜好比，是八比一！

整個銷售計劃立刻更改了。廣告傳播的內容，從側重營養，改爲：「先讓Chibi（日本人最常用對家貓的暱稱）大快朵頤，喫下去的維他命才有用。」

接著宮澤放映了一分鐘的C. F.。誰也沒想到小貓竟是那麼富有表情的。經過條件反射訓練後的小貓，喫著CATIVITE的時候，那種嘴饞，那種大飽口福，那種貪，叫人絕倒。接下去的鏡頭，是貓對置之高閣的CATIVITE睜大眼睛看，咪咪地叫。那樣子眞叫人又憐又愛。

「計劃調整後，一季下來，總銷售額一口氣增加了二十．四倍！」宮澤笑著說，「不但我們的競爭對手，連我們自己也儍住了！」（熱烈的掌聲）

宮澤說，與其說是對貓的研究使我們成功，更確實地說，是對於人的研究。愛貓者喜歡看見貓大快朵頤，才買CATIVITE。「不要忘了只有人才會消費啊，」宮澤風

趣地說，「貓是不會有鈔票的。」（笑聲）

晚餐在飯店內龍鳳廳開。菜單是：六拼冷盤、醉凍鷄、樟茶烤鴨、玫瑰明蝦、無錫嫩排、京華黃魚、枸杞甲魚、四色魚翅羹、冬瓜盅、鳳爪清湯、干貝菜心、葷素蒸餃、水果。

酒是眞正金門大麴。Alpert教授大加讚美，說它絕對勝過伏特加。席間，陳家齊和宮澤用英文交談。陳家齊提出「國際的行銷人」——global marketing man——的概念，來豐富「世界管理者」的觀念。他說，這個會議使他從傳統和家庭而來的民族國家信念中，逐漸得到解放。宮澤平靜地笑著首肯，並說，在富裕國家中，民族主義早已隨著大衆消費文化的登場而消失了。

（以上晚宴後回房所記，時夜間八時三十二分）

近十時，一個在這次黨外助選團工作的朋友小林自臺南打長途電話來，說黨外助選團在南部一組，在臺南搞得十分成功，萬人空巷。形勢比想像的還好很多。這樣搞下去，明天在高雄的活動，應該會不錯。（以上就寢前所記。）

十二月十六日

今天一早，向飯店交涉二事：（一）會議中咖啡供應要加強；（二）抽菸的人太多，通風與空調請改善。

今天整天的主題，是「消費者行爲模式的研究」。爲了克服企業對於消費者行爲的不可支配性（uncontrollability），消費者行爲模式的研究，日臻發達，並且配合了近代行爲科學，而有了新的進展。

上午兩節，是由Mr. McMurry擔當。主題分別爲：一、總論：消費者做決定過程的幾個階段；二、分論：問題檢出（problem recognition）和探求過程（Search process）。下午兩節，還是宮澤擔任，主題是一、資訊的獲取與「相形評估」（alter-native evaluation）；二、環境因素及選擇結果。

關於內容方面，今天的講義全部由東京於一個月前寄達，共計有一二四頁打字紙，內容分章分節，十分完備，故在此不予重複。

有一插曲值得一記。

McMurry先生講授problem recognition時，關閉的會議室門轟然撞開，進來了一位蓬首垢面，奇裝異服的男子。他用臺語尖聲叫喊——

「我是萬商帝君爺……」那男子振臂呼喊，「世界萬邦，凡商界、企業，攏是我管轄哦！」

McMurry先生呆住了。他看見這垢面男子直衝講台，就本能地抓起外衣欲要走避。這時一大堆飯店服務生、經理也跟著衝進來，蜂擁將該男子按在地下。

「無禮！我萬商帝君爺，是來教你們大賺錢……」

不知那裡來的神力，那男子奮力掙脫眾人，兇狠地站立著。他的雙眼，閃爍著某種憤怒、驚惶混合起來的清冷的目光。

「我萬商帝君爺有旨啊……」他說，掀開破舊的西裝，露出污穢的黃襯衫。襯衫上寫著血紅的、斗大的英文字：MANAGER。「你們四海通商，不得壞人風俗，誑人財貨喂……」他唱歌也似地說。

「啊！林德旺！」

陳家齊的叫聲。

「德旺！」陳家齊怒聲喝叫，「不要胡來！」

說來神奇，聽到陳家齊的聲音，那男子頓時像綿羊似地，馴服地讓門警和飯店經理押走。

後來才記起誰是林德旺了。營業部那個客客氣氣的小伙子。變得全不認得了。又黑、又瘦、又蒼白，滿臉鬍子渣。聽說瘋掉了。爲什麼呢？似乎沒人知道。

好在布契曼先生不在場。洋人問怎麼回事。陳家齊鎮定地聳聳肩，兩手一攤——「Nothing. A nut, that's all.」他說，「沒啥，一個瘋子，就這麼回事兒。」

昨天的檢討意見是中午不要吃太豐富，影響下午開會的效果。所以今天中餐取消到外面吃的原議，改在龍鳳廳吃中式便餐。菜單：

紅燒牛腩、墨魚炒芹、開陽白菜、豆苗蝦仁、油菜臘肉、辣椒牛筋、冬瓜火腿湯。

晚飯依計劃到中山北路的「八米」日本料理店吃。每人吃一份「梅」字定食。酒則是日本清酒。宮澤喝醉了，大唱日本歌。

（以上晚飯後回房所記。）

晚上八點多老簡打電話到房間來。他說小林下午四點回臺北來。據小林說，黨外助選團在臺南市體育館那一場，聽衆把整個體育場擠滿了不說，場外四周的街路，全被群衆塞住了。「小林已經被群衆場面搞昏了，」老簡說，「今天助選團下高雄，要在高雄縣、市好好幹一場。」他還告訴我C小姐競選活動近日中也日有起色，形勢越來越好。果不出所料，她和聯合搭檔競選的C先生，已經貌合神離。「你說的對，整個黨外私下都不贊成這個聯合。」老簡說。老簡在C小姐競選總部幫忙。他問我要不要乾脆公開決裂。我不贊成。自然的分開要好得多。「這兒開完會，我馬上過去幫忙，一定的！」我說。

可惜事情太忙，否則眞想到他們總部去看看。

十點十分，布契曼先生來敲門。門打開，有陳家齊陪著。兩人不知另外去什麼地方都喝得面紅耳赤。

「H. K., You've done a very good job.」他說，「你表現不錯。」

「Thank you.」我說。

「哦，聽說有個瘋子……你知道嗎？」

陳家齊向我迅速地眨眼睛。我說，「天曉得，只不過是個瘋子罷了。」布契曼先生美國式地聳了聳肩膀，打著酒嗝走開了。

（以上睡前所記。）

十一點半，老簡打電話把我吵醒，他說有高雄來電。今天在高雄縣、高雄市黨外助選團戰果奇佳，所到的地方，萬人空巷。他說明天北、南兩團助選團在臺北大會師，全省黨外助選員全部上台，向省民推薦黨外候選人，「這是個高潮，選民已經起來了，」老簡說，「你明天能不能出來看？」

（以上再補記。）

十二月十七日

七點五〇分照例叫醒大家起床。自己先到餐廳去。整個餐廳的服務生都鬧哄哄的，若大禍之將至。

原來是發生了一件大事。怎麼可能？太突然了！

美國卡特總統宣布承認中共。明年元旦生效！

我趕忙到櫃台去拿報紙。

我的媽！好大的標題：

「美背信毀約承認共匪．蔣總統提最嚴重抗議」

「蔣總統籲全國軍民／精誠團結同舟共濟／不分彼此堅定沉著排除萬難／提高警覺防範匪僞顛覆詭謀」

第二版有一條又叫我吃了一驚——

「康寧祥停止競選活動，昨呼籲國人保持冷靜態度，不分地域黨派共爲生存奮鬥」

這我才知道問題嚴重了。老康要大家保持冷靜，要求政府「不要採取違背民主的魯莽行動」或「造成不安的緊張狀態」。老康也要求美國政府繼續供應必要的武器，確保臺灣安全……下面這一段話，我抄起來了。老康說：「臺灣一千七百萬人民的意識型態和政治經濟制度，與中共格格不容，強加合併，勢必引起可怕悲劇。」

怎麼就談到「強加合併」？問題有這麼嚴重啊？

奇怪！我第一個反應是：「強加合併」，臺灣莫飛穆怎麼辦？

我應該是會這樣問：「那麼臺灣人怎麼辦？」

爲什麼那一霎我沒有問這個，至今我也搞不清楚。

我立刻到Lobby找公用電話，找老簡。那邊電話老久不通，線路似乎忙透了。

「喂，是我，福金，」終於接通了電話：「怎麼樣了？我是說……」

老簡很慌。他說美國大使館昨天深夜就通知了老康。「黨外只通知他一個。今天一大早，老康總部就貼大字報發表這個消息。過不久，老康打電話來，要我們『攏總收起來。』」老簡說：「選舉活動通通停止了！」

停止！我想起第二版的政府緊急處分令。明天國民黨要召開十一屆三中全會。好像戰爭或者什麼緊急狀況已經爆發了。

我回味老康的聲明。他眞像個在野政治家。美國大使館竟也通知他！老康的國際分量，我以前完全沒有估計過。

我用飯店內電話打給陳家齊。「我知道了。家父六點多鐘就打電話來了，」他平靜地說，「我這邊剛看完華視晨間新聞。」

我環視整個 Lobby。它依然是個小型的國際走廊。高雅的外國男女，安靜地或坐、或立、喁喁談話。只有服務生、服務小姐、經理，有明顯的騷動。但爲了職業責任，一切還是照舊進行得井井有條。

九點鐘，會議照常進行。布契曼先生沒有說話的節目，卻早已站在講台上，等候大家落座。

這是他感人肺腑的、簡短的講話——

「先生們：

「對於在臺灣愉快而有意義地工作了將近四年的我，今天早上的消息，對我也將是一個難忘的震撼。

「我的政府已經宣佈：生效於明年元旦，美國將和共黨中國建立正式的外交關係。

「做爲美國公民，我深切地表示遺憾。

「但我同時提醒大家，今晨報紙上說，卡特總統曾特別以函電向貴國蔣經國總統保證：美國將繼續出售武器給予臺灣。我的總統並強調重申：美國爲了維持臺灣——我應該說中華民國（R.O.C.）——居民之和平、繁榮及福祉，將著手進行一項全新的安排。

「從美國政府一向爲保護其多國籍公司在世界各地之利益所做過的現實而堅定有效之努力的無數前例，我相信卡特總統的話。並且，也希望我在臺灣的每一個同事與我共同分享這個信心。

「最後，我要提醒：一個多國籍公司的重要管理者，在管理『世界購物中心』（World Shopping Center）的過程中，要發展出適當的國際忠誠（international loyalty），以與原來各自對民族國家（nation state）的忠誠相補足——如果不是相拮抗的話。

「謝謝大家。」

掌聲。哦！老天！眞是大事臨頭。

今天會議的主題，是「社會對消費者需求的影響」。上午的主題最有興趣，即所謂「交叉文化」（cross-culture）對行銷調查的重要性。所謂 cross-culture 的研究，主要在於研究不同的文化型模對一個成功的行銷計劃之形成的影響。由文質彬彬的 Blackwell 教授擔任。

Blackwell 教授指出。有些學者認爲，人的消費行爲，受到一些放諸四海而皆準的因素所決定，沒有文化和民族的差別。但是，有許多越來越多的事實和研究，證實了根據西方經驗和文化爲基礎所建立的行銷計劃中的假設，在不同文化市場中，招來重大、甚至致命的行銷失敗。

在講義中有這一段實例：某亞洲國家有一家多國籍公司與土著資本合資的香菸公司，計劃在當地推廣帶有濾嘴的香菸。在這以前，從來沒有人在這個亞洲國家推廣過帶濾嘴的香菸。外籍總經理和土著經理（他們全是接受西方教育的土著精英，滿腦子十足的西方價值和觀念，他們自己每天抽著進口的美國帶濾嘴香菸）擬妥了一套行銷計劃。但執行的結果，不料竟全盤皆墨。

原來濾嘴香菸推廣的基礎，在於抽菸人怕得肺癌這個意識上，即抽菸人對於癌的知識和危險意識，使這種長腳菸大行其道。

但是，在這個亞洲國家，人民平均壽命才只有二十九歲，統計上甚至還不到醫學上列入肺癌威脅的年齡水平。此外，他們的衛生保健知識極端落後，識字率奇低，對肺癌根本毫無概念，即使寫文章在雜誌上搞宣傳，也很少有人看得懂。

「特別是做爲多國籍企業，『交叉文化』對於企業管理計劃的重要性，尤爲重要。」Blackwell教授指出：「不錯，通過多國籍企業行銷管理的努力，世界各市場的文化，在商品的同一性下趨於統一——即原文化的解體和國際消費文化的形成。但是在同時，在個別的地區，還存在著巨大的文化差異。聰明的行銷管理者，要善於根據客觀的文化研究——而不是根據自己的教育、階級和生活上的偏好——去制定計劃。」

出乎意外的是，Blackwell教授竟然提到臺灣莫飛穆對Rolanto的行銷計劃來。他說，他從資料上發現，在臺灣，有過市場文化分析的不同意見爭論。「有人主張臺灣文化的特殊性——用你們的語言，即『鄉土性』（regionality），另外一派的意見是『鄉土性』的不在，而以『國際性』和『城市性』（urbanism）來取代，」他說。

下面幾點Blackwell教授的評語，將使我畢生難忘：

一、「鄉土性」文化和「都市性」文化的分析，一定要以客觀的調查研究爲基礎，而不可以個人的文化、傳統、信仰、政治意見爲思考的基礎。

二、一個優秀的行銷計劃專家，應該以企業目標（利潤）做爲一切調查、研究、計劃的指針。

三、最後，行銷管理者要以國際性人格爲基礎，從多國籍公司全球性企業利潤的觀點，去正確評估各駐在地區，分支機構的文化、政治、民族、傳統等諸問題。

這眞是個振聾啓聵的功課。

我必需從這個起點，從「臺灣」步向「國際」的視野！

感謝 **Blackwell** 教授。看哪！那不是日本人、印尼人、韓國人、泰國人……嗎？

在多國籍公司的計劃下，他們只講一種共通的語言——英語；在同一水準下生活：奢華的觀光飯店、豐美的食物、同樣的咖啡……。更重要的是，他們全爲了一個目標——莫飛穆國際公司全球性的利益——而分析、研究、學習、工作。

我應該從臺灣人而成爲國際人。不，說得正確一點，我屬於一個新的、聰明的、精英的、創造世界更好、更豐盛之生活的民族和人種：Global Manager! Global Marketing Man!

這眞是宗教性的時刻。

中午在福吉樓吃飯。福吉樓就在飯店後街。菜單：四拼冷盤、黃魚雙吃、脆皮烤鴨、福壽豬蹄、蔥油肥鷄、麻辣鷄丁、香菇鳳爪清湯。

酒是紹興和竹葉青。

晚飯到楓園吃鐵板燒，佔去三個台子。

這是我第一次吃鐵板燒。簡直太妙了。宮澤說這是日本人發明的。「日本和西方文化的結晶。」宮澤笑問 Blackwell 敎授，「這也是 cross-culture 的問題吧……」

飯後我又仔細讀了一次總統發布的緊急處分令，並把經濟部長張光世有關「不改變自由貿易政策，將依程序進行中美貿易談判」的消息重讀一次。另有消息說：美國將在臺北設貿易文化中心。

下午以來，我冷靜多了。比較關心經濟消息。

晚間電視新聞有一節T文理學院學生當天下午在西門鬧區遊行的鏡頭。新聞又說美使館將更名爲「亞美公司」（Asian-American Services Corporation）。

九點多，老簡、小林、鄭肥，來飯店找我，在我的套房內談話。他們對飯店的豪華，公司的出手之大，大爲驚歎。他們問我對時局的意見，我指出就憑我們公司照常在這兒大談行銷計劃，就知道臺灣很「安」，不必掛心。

「為什麼？」鄭肥問。

「唉，臺灣有問題，他們幹嗎還在這兒搞訓練？」我說，「換了你我，不早早把公司撤走？」

「有理！」鄭肥開心地笑了，「美國人不會放棄我們的！」

大約我也講了一點臺灣人要有「國際」心胸的，不很成熟的話，也說不定。

（以上睡前之所記）

十二月十八日

一大早就到櫃台拿報紙看。

蔣主席將親自主持今天舉行的十一屆三中全會。蔣總統昨天主持了軍事會談，指示三軍沉著堅定、提高警覺。總統還指示政院研採各候選人所發表政見。

全國各界展開救國獻金熱潮。學生沿街勸募，一日間募得一千多萬元。各地舉行自立自強大會。

美國加州州長雷根，要求卡特政府具體保證我政府的安全，並致函蔣總統表示

「永遠支持」。

美國使館將改爲「亞美服務公司」。商約協定繼續有效。臺灣仍享有美國優惠國待遇。

早餐出人意外的好。是中式早餐：豆漿、蒸餃。大家都吃得很高興。

九點鐘。McMurry先生在會議前起來講話。他手中拿著一份來自美國波士頓總公司的電報，向大會報告說：總公司總裁Mr. D. W. Davis先生特別來電，表示公司對中華民國境遇的同情，並向「臺灣莫飛穆國際公司全體中國同人致意」。總公司將以實際行動——增加新年度臺灣莫飛穆的營運預算百分之四十——來實際表示「美國民間對中華民國的支持」，並且「希望大家一本以往，安心工作」。

全場報以熱情的掌聲。

今早是「Marketing Communication Workshop」，各與會國要提出各自關於某產品的行銷——推銷計劃（marketing-promotion program），互相講評，以之具體運用三天來的講習。

評定結果，日本得第一，而臺灣莫飛穆勝過香港，得了第二。布契曼先生笑開了嘴。陳家齊向我丟來愉快、知心的微笑。

上午十一點，Alpert教授做了結束會議的短講，內容極爲精闢，茲簡要誌重點如下：

一、講題：「在變動中的亞洲之多國籍公司行銷體制」（Marketing Systems of MNC in the Changing Asia）

二、亞洲在急劇變動中。由於亞洲各國（日本除外）急於現代化，而功效不著，致越來越多的聲音在批評多國籍公司，認爲多國籍公司是亞洲貧困、文化解體、物質主義、政治不安、剝削之根源。

三、因此有人主張社會革命，以制止國際資本主義行銷體制所造成之物慾橫流、解體、貧困等在亞洲所造成之危機。

四、但歷史證明，人生而好爭、自私。這是人從動物演化而來時在蠻荒時代遺留下來的本質。（引用歷史學家A. Durant）

五、因此，人應善用此本質，以物質利益爲誘因，創造更豐富的生活，而不是社會革命、中央集權和中央計劃及極權制度。後者的實驗——蘇聯已經失敗。今天的蘇聯必須藉物質誘因、市場經濟、貨幣和商品制這些「資本主義」辦法，來取得人民生活初步的滿足。

六、從某一觀點來看，今日世界上只有一種制度：資本制度；一種經濟：資本經濟。所謂「社會主義」，以其今日對西方資本體制、商品、資本及技術之高度依賴而言，早已名存實亡！

七、多國籍公司在事實上創造了和平、物質豐足的世界。現代資本主義絕對酷愛和平。因爲和平是一切企業活動之基磐。靠堅船利礮遂行企業目的的時代早已過去。「世界管理者」正以堅定、有效率、強大的努力、調動一切人類技術、知識的資源，爲世界和平與繁榮而努力。」

Alpert 教授然後語重心長地說——

「這兩天來，我親身感受到臺灣民衆對於美國與中共建交所感受的悲忿。但是，容許我提出一個新的看法：

「使中共和蘇聯不破壞我們『世界購物中心』，不威脅我們自由、富足生活的最好的方法，是把它們也拉到這個『世界購物中心』裡頭來。用『資本主義的皮帶』（"belt of capitalism"）把它們緊緊地綁起來。

「先生們，尤其是臺灣的同事們，容許我做個預言：你們將不久就見證這個事實：在你們看來野蠻的中共，從美國與它締結外交關係之日起，不消多久，我們多國籍公司的萬能的管理者的巧思，將逐步把中共資本主義化。我們有這個把握！（掌聲）

「淸敎徒的中國大陸，必將迅速消失，好像烈日下的冰塊。柔軟的、追求人生樂趣、幸福、快樂的消費文化，將很快地在中國大陸滋長，正如我們看見許多貧困國家的人民大跳狄斯可，仰首猛灌可口可樂一樣。

「我來此知道臺灣有一句話：『反攻大陸』。先生們：我認爲這完全是可能的——不是用戰士的生命和昂貴的鎗礮，而是用我們多國籍企業高度的行銷技巧、多樣、迷人的商品！」

掌聲雷動啊！我甚至不知不覺地站起來鼓掌了。

時上午十一時四十分。陳家齊要求大家回房，先把打點好的行李取出，以便在正午十二點以前 Check-out，然後到臺北市東區一家著名的法國餐廳吃中飯。

走出飯店，一陣冷風吹來。出了有暖氣的大飯店，這一陣冷風格外吹得人直打冷顫。我的車子剛好送修，正想找伴招一部計程車時，適巧陳家齊的車子從大飯店的停車場滑了出來。

「進來。」陳家齊搖下車窗，對我說，「還有一個空位。」

車子於是開向那家臺北聞名的，歐洲風的西餐廳。在中山北路二段，我們看見一列學生在遊行，前頭一個巨幅的紅條，用白紙剪了幾個大字，貼在條幅上：

「中國一定強！」

「要是幾天前，這五個字，一定叫我流淚。」

陳家齊沉思地，低聲說。

學生們捧著獻金箱，高喊口號，揮舞著青天白日滿地紅旗。

我們的車子在行列邊不能不放慢了速度。

「Irrational nationalism！」陳家齊忽然獨語似地說：「盲目的民族主義！」

「Peter Drucker！」我脫口而出。

彼德・杜拉卡著名的一句話，就是「盲目的民族主義」！

「這一句呢？」陳家齊從後視鏡中笑著看我。他用清晰的英語說：「……We need to defang the nationalist monster！」

「Again, Peter Drucker！」我又一次脫口而出，覺得像猜到了好謎那麼高興。

又是管理學大師彼德・杜拉卡的名言：「……吾人應該將民族主義這個惡魔的毒牙拔除淨盡！」

眞不料陳家齊對 Peter Drucker 那麼熟悉，我想：這傢伙，還眞不錯！

我們在鏡中相視而笑了，留下一車子年輕而不懂管理學的同事滿頭的霧水。

也不知爲了什麼，那個把自己扮成「萬商帝君」的青年的清癯、憂悒的臉，這時卻驀然閃過我的眼前，然後，消失在冬天的臺北的灰暗的天空裡了……

（以上係會終返家，大睡一覺後之所記。）

後記：

做好這篇小說，重新潤修完竣時的十一月十五日，友人陳述孔兄因腎病去世。神傷之餘，特別一記於此，以紀念一段患難的友情。

一九八二年十二月《現代文學》後刊十九期

洪範文學叢書 304
陳映眞小說集 4〔1980–1982〕

萬商帝君

著　者：陳映眞
發行人：孫玫兒
出版者：洪範書店有限公司
臺北市廈門街一一三巷一七—一號二樓
電話　(〇二)二三六五七五七七
傳眞　(〇二)二三六八三〇〇一
郵撥　〇一〇七四〇二—〇
行政院新聞局局版臺業字第一四二五號
法律顧問：陳長文　蕭雄淋
初　版：二〇〇一年十月
定價二五〇元

ISBN 957-674-218-8

國家圖書館出版品預行編目資料

萬商帝君／陳映眞著.--初版.--臺北市：
洪範，2001〔民90〕
面：　公分.--（洪範文學叢書；304）
（陳映眞小說集；4）
ISBN 957-674-218-8(平裝)

857.63　　　　90016094